I0680124

OBSERVATIONS

MODESTES

SUR LES PENSÉES

DE M. D'ALEMBERT,

Et sur quelques Ecrits relatifs à l'Ouvrage
qui a pour titre : *La Nature en contraste*
avec la Religion & la Raison, &c.

AUX DEUX-PONTS,

Et se trouve à PARIS,

Chez { CRAPART, Libraire, rue de Vaugirard.
PYRE, Libraire, rue S. Jacques, près
les Jacobins.

A BOUILLON,
A LA SOCIÉTÉ TYPOGRAPHIQUE.

M. DCC. LXXIV.

AVERTISSEMENT.

SI l'on taxe de téméraire le mortel quelconque qui ose hazarder, quoique d'un ton modeste, quelques légeres observations sur les Pensées de M. d'*Alembert*, l'Observateur ne craindra pas d'en appeller au célebre Penseur lui-même. Oui, il le prend pour juge dans sa propre cause ; & c'est le plus grand hommage qu'il puisse rendre aux qualités de son esprit & de son cœur. Le sublime Philosophe ne se croit pas un Dieu ; non, sans doute, & j'entends sa voix ; c'est lui qui répond : Mais, s'il n'est pas Dieu, il est donc faillible ; l'infaillibilité est le privilége exclusif de la Divinité ; & s'il est faillible, il peut se tromper. S'est-il trompé en effet ? Il me le semble ; qu'il daigne me lire, & prononcer.

Au reste, il est bon de savoir que ce qui a donné lieu à ces Observations, c'est un *in-12*, de 339 pages, qui vient de paroître à Paris chez *Dufour* & *Costard*, sous ce titre : *les Pensées de Monsieur d'Alembert.* Ces deux Libraires, dans l'avis qu'ils ont placé à la tête de l'Ouvrage, nous donnent M. d'Alembert pour le Prince des Philosophes de l'Europe entiere. C'est cette qualité si relevée, qui nous inspire la confiance de lui proposer quelques remarques, ou, si l'on veut, quelques doutes, quelques scrupules sur quelques-unes de ses Pensées. Un vrai Philosophe, dont l'office propre est d'instruire, d'éclairer, de dissiper les doutes, en répandant de toute part la lumiere' avec la vérité, ne peut mépriser aucun de ceux qui lui demandent des leçons pour en profiter.

OBSERVATIONS

OBSERVATIONS

MODESTES

SUR LES PENSÉES

DE M. D'ALEMBERT.

DE LA RELIGION, DES THEOLOGIENS ET DES PRÊTRES.

Quand une fauſſe Religion, ou quelque Secte que ce puiſſe être, vante les prodiges opérés en ſa faveur, & qu'on ne peut expliquer ces prodiges, il n'y a qu'un parti à prendre, celui de nier les faits. (Penſées de M. d'Alembert, pag. 13.)

OBSERVATIONS

Nous avons deux voies ou deux moyens pour connoître la vérité des choſes; la raiſon pour les choſes qui appartiennent à la ſcience, & l'autorité du témoignage pour celles qui

A

font l'objet de la foi ou de la croyance, tels que font tous les faits. Lorsqu'un fait n'eft ni abfurde ni impoffible, qu'il eft public, intéreffant & attefté par un grand nombre de témoins oculaires dignes de foi, & par leurs lumieres & par leur probité, qui les mettent dans l'impuiffance d'avoir été trompés, ou d'avoir voulu tromper les autres ; un tel fait eft certain, de cette efpece de certitude qu'on nommé morale, & qui équivaut à la certitude métaphyfique, parce qu'en le voyant par les yeux des autres, c'eft comme fi nous le voyions de nos propres yeux. Il femble donc que l'impoffibilité d'expliquer les prodiges qu'une fauffe Religion s'attribue, n'eft pas un motif fuffifant pour les nier, lorfqu'ils ne font qu'inexplicables, fans être ni abfurdes, ni impoffibles, puifqu'il peut fe trouver & qu'il fe trouve en effet dans une Religion ou une Secte quoique fauffe, un nombre de perfonnes qui ont tout à la fois, & affez de lumiere pour ne pas fe laiffer tromper, & affez d'honneur & de probité pour ne pas vouloir tromper. S'il arrivoit donc que ces perfonnes atteftaffent des prodiges comme en ayant été les témoins oculaires, le parti qu'il y auroit à prendre en ce cas, ne feroit pas de les nier ces prodiges, quelqu'inexplicables qu'ils fuffent, mais de les traiter de preftiges, de fauffes merveilles, de faux miracles, qui ne prouvent & ne peuvent rien prouver en faveur de la Religion, ou de la Secte errante.

Quiconque admet la Divinité de la Religion

Chrétienne & de ses Livres sacrés, ne peut ignorer qu'il ne se soit fait autrefois un grand nombre de faux miracles, & que l'Ante-Chrift n'en doive faire de si séduisans à la fin du monde, qu'ils seroient capables de tromper les élus mêmes, sans une grace spé-ciale, qui les préservera de l'erreur. Indé-pendamment de la révélation, l'évidence nous montre une infinité de prodiges, de myfteres naturels, dont l'existence n'est pas moins certaine, que l'essence en est inexplicable & incompréhensible. Je choisis entre mille l'u-nion merveilleuse de notre ame avec notre corps, & l'action réciproque de ces deux sub-stances si différentes. M. d'Alembert admet, sans contredit, la spiritualité de l'ame unie au corps : mais j'ignore ce qu'il répondroit au premier ergoteur, qui prendroit la liberté de lui parler en ces termes : Vous reconnoissez, Monsieur, la spiritualité de notre ame qui eft un pur esprit, & son union avec notre corps, qui n'est que pure matiere ; ce sont autant de faits aussi incontestables qu'inexplicables : vous en convenez, en disant, page 20, que *l'ame eft unie au corps d'une maniere tout à fait inconnue pour nous, & que la ténébreuse métaphysique des Écoles a tenté d'expliquer en vain.* Il y a donc, selon vous, Monsieur, des faits qu'il faut croire, quoiqu'on ne puisse les expliquer. Il eft donc faux, généralement par-lant, que quand on ne peut expliquer les faits, l'unique parti qu'il y ait à prendre, c'est de les nier.

A 2

Croit-on que les disputes scandaleuses des Théologiens de nos jours, sur des matieres souvent futiles & toujours inintelligibles, n'ayent pas fait plus de tort au Christianisme, que tous les foibles raisonnemens des Impies? (p. 19.)

Nous croyons que les disputes des Théologiens, sur des matieres très-futiles, ont fait dans tous les tems un grand tort au Christianisme, & qu'il eût été à souhaiter qu'ils eussent toujours gardé un profond silence sur ces sortes de matieres; mais nous ne croyons pas que les questions qu'ils ont agitées là-dessus, ayent toujours été inintelligibles. Il nous paroît au contraire, que les Théologiens agitent encore trop souvent des questions assez frivoles, mais que l'on entend très-bien, & qui présentent des idées nettes & précises. Je n'en citerai qu'un seul exemple. *Si Adam n'eût pas péché, le fils de Dieu se fût-il incarné?* Voilà une question que les Théologiens agitent encore tous les jours dans les Ecoles. Elle est très-futile, & cependant très-intelligible. Elle est très-futile, puisqu'elle ne mene à rien, & qu'il sera toujours impossible de la résoudre, Dieu ne nous ayant rien révélé là-dessus dans l'écriture, ni dans la tradition: elle est néanmoins très-intelligible, puisqu'il n'est personne qui ne la conçoive. Combien d'autres questions théologiques de la même espece n'agitent-t-on pas dans les Ecoles! Il paroît donc que l'inintelligibilité des questions scholastiques, n'est pas toujours une suite de leur futilité ; il est certain que ces questions futiles n'ont pas fait tant de tort au Christianisme que les foibles raisonnemens des impies.

Il y a de la démence à combattre la Religion d'un pays, si elle est vraie, & bien peu de mérite, si elle est fausse. (Ibid.)

Le premier membre de cette proposition est incontestable. En est-il ainsi du second ? Quoi donc, n'y a-t-il qu'un mérite très-médiocre à sacrifier son repos, sa liberté, sa vie, pour dessiller les yeux de ceux qui s'égarent, & leur montrer la vérité seule capable de les rendre heureux ? L'indifférence sur leur malheur ne seroit-elle pas un crime ? N'est-ce pas en versant tout leur sang, pour convertir le monde Payen, que les Apôtres & les Hommes apostoliques sont parvenus au comble du mérite par l'héroïsme de la vertu ?

DE L'HOMME.

L'homme n'a l'idée de l'injuste, que parce qu'il a l'idée de souffrance, & il n'a l'idée de souffrance, que parce qu'il a des sensations. (p. 31.)

Il nous semble que raisonner de la forte, c'est confondre l'esprit avec les sens, & ré-

A 3

duire toutes les affections de l'ame aux simples
sensations, comme l'a fait l'Auteur du livre de
l'Esprit, contre le torrent des Philosophes
anciens & modernes. Il faut donc mettre une
grande différence entre les sensations & les
autres affections de l'ame, telles que les idées
purement spirituelles de Dieu & de l'ame,
les volitions, les affirmations, les négations,
les doutes, les jugemens, & une infinité d'autres semblables, qui sont indépendantes des
sens & des objets sensibles. Quand je pense à
Dieu comme à un pur esprit, un Etre nécessaire, éternel, infiniment parfait; cette pensée
n'est pas une sensation, puisque Dieu, l'objet
de ma pensée actuelle, n'affecte point mes
sens, & ne cause aucune commotion dans mes
nerfs, comme font les objets extérieurs &
sensibles, pour exciter les affections qu'on
nomme sensations : & ce que je dis de la
pensée ou idée de Dieu, il faut le dire des
idées de toutes les choses spirituelles, & en
particulier de celles du juste & de l'injuste. Ces
idées ne sont nullement les filles de l'idée de
souffrance ; elles ont pour mere la loi naturelle,
qui a été gravée & comme entée en nous par
l'Auteur même de la nature. C'est cette loi
toute intérieure que je porte, même malgré
moi, dans mon sein, qui m'apprend à dis-
cerner le juste de l'injuste, indépendamment
de toute idée de souffrance. Eh ! qu'ai-je besoin de cette lugubre idée de souffrance, pour
connoître que je dois être non-seulement juste
& équitable envers mes semblables, sans

jamais leur faire aucun tort, mais encore doux, tendre, humain, bienfaifant? Eſt-ce que je ne trouve pas ces devoirs écrits dans mon propre cœur? Ne les apperçois-je pas avec la plus grande facilité, dans l'eſſence même des chofes, & la ſimple inſpection des idées? avant que j'aie ſouffert moi-même, ou vu ſouffrir les autres, en un mot, avant toute idée de ſouffrance? Dès que j'ai le libre uſage de mes facultés intellectuelles, ne conçois-je pas que, loin de violer les droits des autres par mes injuſtices, je dois les reſpecter en les traitant comme d'autres moi-même, parce que cela eſt beau, conforme à la droite raiſon, inſéparable des lumieres naturelles qui éclaiſent tous les hommes, & fondé ſur les rapports intrinſéques qui les conſtituent en qualité d'êtres intelligens?

DE LA SOCIÉTÉ.

La morale étant une ſuite néceſſaire de l'établiſſement des ſociétés, les principes moraux rentrent dans les décrets éternels... C'eſt par les ſens que nous apprenons quels ſont nos rapports avec les autres hommes & nos beſoins réciproques, que nous parvenons à connoître ce que nous devons à la ſociété, & ce qu'elle nous doit. (p. 38, 39.)

C ES paroles, ſi je ne me trompe, retréciſſent l'idée de la morale. C'eſt une ſcience

A 4

qui enſeigne à conduire ſa vie, & à régler
ſes actions ; c'eſt la doctrine des mœurs,
l'art de bien vivre. Or, l'homme n'eſt-il donc
obligé de bien vivre, que quand il vit en
ſociété ? N'eſt-il tenu à régler ſa conduite
& ſes actions, que lorſqu'il ſe trouve en com
pagnie ? Le reclus, le ſolitaire, l'homme iſolé,
en un mot, n'a-t-il aucun devoir à remplir
envers Dieu & envers lui-même ?

C'eſt par les ſens, dit-on, *que nous apprenons quels ſont nos rapports avec les autres
hommes, & nos beſoins réciproques.* Nous
croyons qu'on ne doit pas confondre nos
rapports avec les autres hommes, & nos beſoins réciproques. Si je veux vivre ſeul, & qu'un
palmier & une fontaine me ſuffiſent, je n'ai
aucun beſoin des autres hommes, & cependant
j'ai des rapports avec eux, & des devoirs aſſor-
tis à mon état à remplir envers eux ; je dois
les aimer, leur vouloir du bien, prier pour
eux ; &c. Je ſuppoſe que nos rapports avec
les autres hommes & nos beſoins réciproques
ne ſoient qu'une ſeule & même choſe, dans
cette hypotheſe même, il paroît que ces rapports & ces beſoins ne feront que l'occaſion
qui nous rappellera la connoiſſance de ce que
nous devons à la ſociété, & de ce que la ſociété nous doit, & nullement la vraie cauſe de
cette connoiſſance. C'eſt dans la droite raiſon
& les principes de la loi naturelle gravés en
nous, qu'il faut la chercher cette cauſe véritable, qui nous apprend à connoître ce que
nous devons à la ſociété, & ce qu'elle nous

doit à nous-mêmes. Nos befoins réciproques n'en font donc que d'occafion ou la caufe ex-citative. Nos rapports avec les autres hommes & nos befoins réciproques ne font donc pas une même chofe. On ne doit donc pas les con-fondre; & quand on le feroit, on ne trouve-roit point en eux la vraie caufe de la con-noiffance de nos devoirs envers la fociété, & de ceux de la fociété envers nous.

DE L'AMOUR-PROPRE.

Le principe le plus épuré de la vertu eft, fi je ne me trompe, le defir d'être bien avec foi-même; & le defir eft-il autre chofe qu'une fuite de l'amour-propre bien en-tendu ?

LE principe le plus & même le feul épuré de la vertu dans les maximes de la Religion & de la raifon, c'eft l'amour de Dieu, la der-niere fin comme la premiere caufe de toutes chofes, auxquelles tout eft réverfible.

DE LA MORALE.

La connoiffance des devoirs envers nos femblables, eft ce qu'on appelle la morale, & l'un des plus importans fujets, fur lef-quels la raifon puiffe s'exercer. (p. 77.)

NOUS avons déjà obfervé que cette défini-tion de la morale, ne nous paroît point exacte, parce qu'elle n'explique point suffisamment ni l'objet, ni l'office de la morale. Dieu, nous-mêmes, & les autres hommes, sont l'objet de la morale. Son office est de régler nos actions relativement à ces trois objets, en leur imprimant les raports de conformité qu'elles doivent avoir avec eux pour être bonnes dans l'ordre des mœurs. Il semble conséquemment, que c'est mutiler la morale, en lui retranchant deux objets & deux offices, que de la restreindre aux autres hommes, en la définissant *par la simple connoissance des devoirs envers nos semblables.* Est-ce donc que nous n'avons aucuns devoirs à remplir ni envers Dieu, ni envers nous-mêmes, ou bien que l'office de la morale n'est pas de nous faire connoître & de régler ces sortes de devoirs?

On peut définir très-exactement le mal moral, ce qui tend à nuire à la société, en troublant le bien-être physique de ses membres. (p. 79.)

CETTE définition du mal moral, ne nous paroît pas plus exacte que celle de la morale elle-même. Le mal moral ne se borne pas, il s'en faut bien, *à ce qui tend à nuire à la société, en troublant le bien-être physique de ses membres;* il consiste essentiellement dans tout acte humain non conforme à la régle des mœurs, c'est-à-dire, à la droite raison, que l'on peut considérer en Dieu, ou dans l'homme.

La droite raison considérée en Dieu, est la raison souveraine & incréée, qui existe en Dieu de toute éternité, & qu'on appelle la loi éternelle.

La droite raison envisagée dans l'homme, c'est la lumiere que Dieu a donnée à la créature raisonnable, & qui consiste dans la connoissance de la loi éternelle qui montre ce qui est moralement bon ou mauvais, & qu'il faut faire ou éviter.

Telles sont les deux régles des mœurs & des actes humains. Tout acte conforme à ces deux régles, est bon moralement, & tout acte qui n'y est pas conforme, est moralement mauvais. Or il est des actes humains qui sont conformes à ces régles, & d'autres qui n'y sont nullement conformes, sans qu'ils ayent aucune tendance à la société, ni aucun trait, aucun rapport au bien ou au mal-être physique de ses membres : donc ce n'est pas définir exactement le mal moral, que de le faire consister dans une tendance à nuire à la société, en troublant le bien-être physique de ses membres. Que sans nuire à la société, ou même en méritant d'elle par mille sortes de bienfaits, un homme pense mal de la Divinité, & se livre à tous les péchés secrets dont un esprit & un cœur gâtés sont capables; s'ensuivra-t-il qu'il ne soit coupable d'aucun mal moral, sous prétexte qu'il ne nuira point à la société, en troublant le bien-être physique de ses membres?

La morale est peut-être la plus complette de toutes les sciences, quant aux vérités qui en sont les principes, & quant à l'enchaînement de ces vérités. Tout y est fondé sur une seule vérité de fait, mais incontestable; sur le besoin naturel que les hommes ont les uns des autres, & sur les devoirs réciproques que le besoin leur impose. (p. 81.)

C'est toujours la même restriction de la morale aux devoirs réciproques des hommes les uns envers les autres; mais ce n'est-là que la morale de l'homme en société, & non celle de l'homme isolé, & placé uniquement vis-à-vis de Dieu & de lui-même. N'y a-t-il donc pas une morale pour l'homme considéré dans ces deux positions? Faire consister la morale dans la seule connoissance des devoirs de l'homme social, n'est-ce pas la définir par l'une de ses espéces, contre les régles de la bonne définition, au lieu de la définir par le genre commun à toutes les espéces? Ne lui donner pour fondement que le besoin naturel que les hommes ont les uns des autres, n'est-ce point lui couper deux de ses bases, les devoirs de l'homme envers Dieu & envers lui-même? N'est-ce point encore borner tous les devoirs de l'homme à l'humanité, à la bienfaisance envers ses semblables? Nous sommes d'autant plus tentés de le croire, que c'eft à quoi fe réduit toute la morale de la nouvelle philofophie. On n'en trouve point d'autres dans tous fes écrits, & c'eft ce qui fait qu'on ne fauroit trop infifter fur ce point. Non, on ne répétera jamais affez que la morale n'eft pas feulement fondée fur le befoin naturel que les hommes ont les uns des autres, mais premierement & principalement fur les effences mêmes des chofes ; favoir, les rapports & les proportions intrinféques à la nature conftitutive de Dieu & de l'homme.

Dieu exifte. L'homme exifte. Dieu eft infiniment plus grand & plus excellent que l'homme ; tout ce que l'homme à d'excellence, de grandeur & de bien, il le tient de la libéralité de Dieu fon magnifique Créateur. Cela eft auffi clair qu'il l'eft que l'infini eft plus grand que le point, & qu'un ouvrage quelconque dépend de l'ouvrier qui l'a fait ; donc l'homme doit quelque chofe à Dieu ; donc il a des devoirs à remplir envers Dieu ; donc l'homme fe doit auffi quelque chofe à lui-même, parce que Dieu lui ordonne de s'aimer lui-même d'un amour bien réglé ; donc l'homme a auffi des devoirs à remplir envers lui-même, qui lui font preferits par la loi naturelle & divine ; donc ces devoirs de l'homme envers Dieu & envers lui même, font fondés dans la nature ou l'effence même des chofes ; favoir, dans l'infinité & la fupériorité de Dieu qui lui font effentielles, intrinféques, & qui conftituent fa nature divine ; dans la dépendance & l'inferiorité de l'homme par rapport

à Dieu, qui l'a fait intelligent, & par conséquent son Créateur, son Maître suprême;
d'où naissent des relations de Dieu à l'égard
de l'homme, & de l'homme à l'égard de Dieu;
relations mutuelles de supériorité & d'inférior-
rité qui emportent des devoirs de la part de
l'inférieur envers son supérieur, & qui étant
fondées dans la nature de l'un & de l'autre,
leur sont essentielles & intrinsèques, ainsi que
les devoirs qui en dérivent.

Il est donc aussi évident que l'homme a
des devoirs à remplir envers Dieu & envers
lui-même, qu'il l'est que Dieu & l'homme
existent; que Dieu est le Créateur, le Père,
le souverain Maître de l'homme, & que
l'homme est l'ouvrage de Dieu, dont il dépend, & auquel il doit obéir en tout. Il n'est
donc pas moins évident non plus, que ces
devoirs de l'homme sont fondés sur l'essence
même de Dieu & de l'homme, & non pas
sur le seul besoin naturel que l'homme a de
ses semblables. La philosophie qui n'assigne
point d'autre base que ce besoin aux devoirs de l'homme, à la morale qui les lui
enseigne & qui les régle ces devoirs, est donc
très-inexacte, très-incomplette, & très-insuffi-
sante.

DE LA MORALE DU LÉGISLATEUR.

On peut distribuer les crimes en diffé-
rentes classes. Dans la premiere, sont ceux
qui ôtent ou qui attaquent injustement la

vie ; dans la feconde , ceux qui attaquent
l'honneur ; dans la troifieme , ceux qui attaquent les biens; dans la quatrieme, ceux
qui attaquent la tranquillité publique ;
dans la cinquieme, ceux qui attaquent les
mœurs. Les peines des crimes doivent être
proportionnées : ainfi ceux de la premiere
claffe doivent être punis par des peines
capitales ; ceux de la feconde , par des
peines infamantes ; ceux de la troifieme ,
par la privation des biens ; ceux de la
quatrieme , par l'exil ou la prifon ; ceux
de la cinquieme, par la honte & le mépris.
(p. 96. 91.)

ON voit que M. d'*Alembert*, ne veut pas
que l'on pende les voleurs ; c'eft aux Légif-
lateurs & aux Magiftrats à juger de fa pré-
tention. Pour nous, il nous fuffira d'obferver,
qu'en bornant le pur châtiment des voleurs
à la privation des biens , c'eft leur affurer
l'impunité , puifqu'ils n'ont aucun bien pour
le très-grand nombre, & que s'ils en avoient,
ils ne s'aviferoient pas de fe faire voleurs de
grands chemins, pour prendre celui des autres.

*Les loix Civiles & celles de la Reli-
gion doivent être féparées; les unes & les
autres n'ont rien de commun entr'elles ,
ni quant aux obligations , ni quant aux*

peines. La Religion n'a aucune influence
fur les effets civils, & ceux-ci fur la Religion. La tolérance de toutes les manieres
d'honorer l'Etre suprême, ne seroit-elle pas
l'effet infaillible de cette distinction de
loix ? (p. 94.)

Nous croyons appercevoir dans ce peu de
lignes, plusieurs faussetés parmi quelques
lueurs de vérités ; c'est ce que nous allons
tâcher d'éclaircir.

1°. *Quand on dit que les loix civiles & celles
de la Religion doivent être séparées, & que les
unes & les autres n'ont rien de commun entr'elles,*
on parle d'une maniere trop générale, trop
absolue, & qui, loin d'être fondée fur l'effence des choses, se trouve démentie par le
fait. Le gouvernement des Juifs étoit un gouvernement théocratique dans lequel les loix
civiles & religieuses, l'Etat & la Religion se
trouvoient parfaitement identifiés. Les livres
faints étoient chez eux l'unique fondement
de la constitution civile & religieuse. La diftinction des loix civiles & religieuses n'est
donc point fondée fur l'essence même des
choses ; ces deux sortes de loix ne s'excluent
pas nécessairement, & leur séparation plus ou
moins grande relativement aux différens états,
n'est qu'une distinction ou divine, ou humaine,
ou divine & humaine tout ensemble.

2°. Comme il y a deux sortes de sociétés
dans le monde, l'une civile, qui a pour objet

les biens de la vie préfente, & l'autre religieufe, qui a pour objet les biens de la vie
future, il y a auffi deux fortes d'autorités
ou de puiffances établies de Dieu pour gouverner ces deux fortes de fociétés, l'une la
puiffance civile ou temporelle, l'autre la
puiffance religieufe ou fpirituelle : mais que
ces deux fortes de puiffance n'ayent pas la
plus petite influence l'une fur l'autre, c'eft
ce qui eft évidemment faux, & contraire
à leurs droits refpectifs. La puiffance fpirituelle n'a-t-elle donc pas le droit de faire des
loix de difcipline eccléfiaftique, & de régler
le culte même extérieur de la Religion,& peut-
elle ufer de ce droit fans aucune forte d'influence fur le civil, le temporel, le corporel
de la fociété ? D'une autre part, la puiffance
civile ou temporelle n'a-t-elle pas droit d'inf-
pection & de manutention fur les loix religieufes ? Nos Rois en particulier ne font-ils
pas les infpecteurs, les tuteurs, les protec-
teurs, les Evêques extérieurs de l'Eglife, &
peuvent-ils faire ufage de ces titres glorieux,
de ces auguftes prérogatives, fans influer en
quelque forte fur la fociété religieufe ?

3°. La tolérance de toutes les manieres
d'honorer l'Etre fuprême, ne peut donc pas
être l'effet de cette diftinction de loix, pour
plus d'une raifon péremptoire ; & d'abord
nous venons de voir que la diftinction des
loix civiles & religieufes n'eft pas telle,
qu'elles s'excluent mutuellement, & qu'elles
n'aient aucune influence réciproque ; elles s'en-

B

tr'aident bien plutôt, & se prêtent la main,
sans empiéter l'une sur l'autre. Prétendre fonder la tolérance de toutes les manieres d'honorer l'Etre suprême sur l'antipathie naturelle
des loix civiles & religieuses, c'est donc vouloir l'établir sur un fondement ruineux, ou
plutôt chimérique, puisqu'il n'exista jamais.

Nous disons, en second lieu, que l'opposi-
tion de ces deux sortes de loix, telle qu'il la
faudroit pour fonder la tolérance de toutes les
manieres d'honorer l'Etre suprême, seroit ab-
surde & indigne de l'Etre suprême, parce
qu'elle supposeroit de sa part une entiere indifférence pour être honoré bien ou mal, par
la vérité ou par l'erreur, & une liberté par-
faite accordée à la puissance civile, de souffrir tous les cultes, quelque bizarres, indécens,
licencieux, inhumains ou cruels qu'ils puissent être. Rien de plus clair; la puissance civile & la puissance religieuse viennent également de Dieu; c'est lui qui les a établies l'une
& l'autre, & qui leur a prescrit des ordon-
nances, & donné des permissions. Donc si la
puissance civile doit ou peut tolérer toutes les
manieres d'honorer l'Etre suprême, cette tolérance retombe à plomb sur l'Etre suprême
lui-même, qui est convaincu d'indifférence
pour tous les cultes que les hommes peuvent
lui rendre, & qui voit d'un œil égal ses par-
faits adorateurs, ou les blasphémateurs de son
saint nom. Il bâtit d'une main, en ordon-
nant à la puissance religieuse de prêcher & de
soutenir la seule vraie maniere de l'honorer;

& il détruit de l'autre main, en disant à la puissance civile de permettre & d'appuyer toutes les manieres de l'honorer, quelque fausses & indignes de lui qu'elles puissent être. Un tel procédé conviendroit-il bien à la Divinité ?

Enfin, la tolérance de toutes les religions, ou ce qui revient au même, la tolérance de toutes les manieres d'honorer l'Etre suprême, est tout-à-fait indigne de lui, de la vraie Religion, & de tous les états qui la professent, parce que la vérité est une, indivisible, insociable avec l'erreur, & par conséquent intolérante quant au dogme, à la morale & au culte. La tolérance même civile de toutes les Religions est donc insoutenable ; elle fait la honte de l'esprit humain, & l'on ne pourroit la proposer sérieusement, sans se rendre suspect de vouloir vivre tranquillement sans Religion, au milieu d'un bizarre & monstrueux assemblage de toutes les Religions. Quoi ! un Prince Chrétien qui a le bonheur de connoître la seule vraie Religion, qui lui apprend à honorer Dieu, dont il tient sa couronne, pourroit souffrir dans ses Etats toutes les autres Religions, quelque fausses & absurdes qu'on les suppose ? Il pourroit donc accueillir tous les mysteres, toutes les horreurs, toutes les abominations du Paganisme, permettre de réédifier les temples des idoles, & ne point empêcher qu'on sacrifiât aux unes des victimes humaines, qu'on adorât les autres par des prostitutions, qu'on les honorât toutes par des

crimes de toute espece? Quelle infamie pour
un Souverain qui, le pere de ses peuples, le
protecteur né de la seule vraie Religion qu'il
a le bonheur de connoître, le principal Mi-
nistre du Dieu vivant dont il tient sa puissance,
doit l'employer pour lui faire rendre le culte
seul capable de lui plaire, & de rendre ses
sujets heureux !

*Si l'intolérance religieuse d'une société,
par rapport à ses membres, étoit autorisée
par la morale, elle devroit l'être par les
mémes principes de société à société; or,
quel trouble affreux n'en résulteroit-il pas
sur la surface de la terre? Animés par un
zele éclairé, nous envoyons des Missionnaires à la Chine. Si les Chinois poussés
par un zele aveugle, en faisoient autant
par rapport à nous, traînerions-nous leurs
Missionnaires au supplice? Nous nous
bornerions à tâcher de les convertir.*
(p. 94, 95.)

Ces pensées nous semblent fausses, incon-
séquentes & directement contraires à ce qu'on
veut prouver. De ce qu'une société peut prescrire des réglemens à ses membres, parce
qu'elle a sur eux l'autorité nécessaire pour
cela, s'ensuit-il qu'elle puisse faire la même
chose à l'égard d'une autre société sur laquelle
elle n'a aucune autorité? Je suis le maître dans

ma maiſon ; donc je le ſuis auſſi dans celle de
mon voiſin & de tous les autres : voilà le rai-
ſonnement que ſuppoſe cette premiere penſée.

La ſeconde n'eſt ni plus vraie , ni plus
juſte , ni plus conſéquente , & prouve directement le contraire de ce qu'on veut établir.
On prétend établir que ſi l'intolérance étoit
autoriſée par la morale , une pareille autoriſa-
tion produiroit un trouble affreux ſur la ſurface
de la terre ; & pour le prouver , on ſuppoſe
des Chinois qui viennent pour nous prêcher ,
& que nous nous contenterions de prêcher à
notre tour , en tâchant de les convertir. Mais
ſi , dans cette ſuppoſition , tout devoit ſe paſſer
en ſermons réciproques , l'intolérance reli-
gieuſe n'entraîne donc pas les ſuites épou-
ventables qu'on aime à lui attribuer , pour la
faire ſervir d'épouventail aux bonnes ames ?
Elle n'eſt nullement capable de bouleverſer la
ſurface de la terre , en y cauſant ces troubles
affreux qu'on ſe plaît à lui prêter. Diſons pourtant , que ſi nos Miſſionnaires Chinois , au
lieu de ſe contenter de ſermons pacifiques ,
entreprenoient de démolir nos temples , ou d'en
bâtir à *Confucius* , nous ferions quelque choſe
de plus que de les prêcher ; nous les enfer-
merions.

L'intolérance qui perſécute en matiere
de Religion , eſt d'autant plus injuſte dans
ſon principe & dans ſes effets , qu'en gé-
néral les hommes ſont aſſez portés d'eux-

mêmes, ou à suivre la Religion du pays
qu'ils habitent, ou du moins à la respecter lorsqu'on ne les force pas. (p. 96.)

Le terme de *persécutrice*, attribué à l'intolérance, est équivoque ; il faut le définir & l'expliquer une fois pour toutes.

On peut attribuer le terme de *persécutrice*
à l'intolérance religieuse ou théologique en
deux sens ; 1°. en un sens qu'elle condamne
& improuve toutes les erreurs contraires à la
vérité, toutes les fausses religions opposées à
la véritable ; 2°. en ce sens qu'elle ordonne de
persécuter, de maltraiter, de supplicier les
mécréans.

Si l'on attribue le terme de *persécutrice* à
l'intolérance religieuse dans ce premier sens,
nous avouons qu'elle l'est en effet, qu'il est
de l'essence de la vraie Religion qu'elle le
soit, & qu'elle ne peut ne pas l'être. La vraie
Religion étant une, comme la vérité même,
elle improuve, elle condamne nécessairement
toutes les erreurs, toutes les fausses Religions ;
elle les repousse absolument, & il n'est pas
plus possible qu'elle s'allient avec elles, que
la lumiere avec les ténèbres, & la vérité avec
le mensonge. La vraie Religion est donc une
intolérante persécutrice en ce sens, & c'est ce
qui fait sa gloire ; disons mieux, ces termes
odieux de *persécutrice* & de *persécution*, ne
conviennent en aucune sorte à la vraie Religion, & si par son essence elle est intolérante
de tout ce qui n'est point la vérité, cette qua-

lité même forme l'une de fes plus auguftes
& de fes plus éminentes prérogatives, qui mérite non le titre odieux de perfécution, mais
les noms aimables de grace, de faveur, de
bienfaifance, puifque la Religion, deftinée à
éclairer l'homme & à le rendre heureux en le
conduifant dans le chemin de la vérité, ne peut
lui rendre un fervice plus fignalé, qu'en dé-
clarant une guerre irréconciliable à l'erreur,
l'ennemie jurée de fon bonheur.

Mais fi l'on prétend que la vraie Religion
eft une perfécutrice intolérante, en ce fens qu'elle
fe plait à maltraiter & à faire fouffrir ceux
qui n'ont pas le bonheur de vivre dans fon
fein, nous foutenons que cet efprit mal-fai-
fant, fanguinaire & meurtrier, ne fut jamais
le fien. La douceur, la charité, l'amour le plus
tendre pour les hommes mêmes errans ; l'in-
finuation, la perfuafion, tel fut toujours l'efprit de la Religion Chrétienne. Elle veut être
perfuadée, & non pas commandée, ni incul-
quée à force de coups & de mauvais traite-
mens. En vain on allégueroit des faits contraires : c'eft fur fes maximes, fon enfeigne-
ment, fa doctrine qu'il faut la juger, & nullement fur des excès qu'elle condamne, &
auxquels on la fait fervir de prétexte en cou-
vrant de fon voile, malgré elle, le jeu des
paffions qui ont donné au monde féduit tant
de fcenes religieufement tragiques.

*Lorfque l'Etat en corps n'eft pas dépo-
fitaire des loix, le corps particulier ou le*

B 4

citoyen qui en est chargé, est absolument
le dépositaire & non le maître ; rien ne
l'autorise à changer à son gré les loix ;
c'est en vertu d'une convention entre les
membres que la société s'est formée, &
tout engagement a des liens réciproques.
Telle est la morale des Rois justes ; il répugne en effet à la nature de l'esprit & du
cœur humain, qu'une multitude d'hommes
ait dit, sans conditions, à un seul ou à
quelques-uns, commandez-nous, & nous
vous obéirons. (p. 98.)

Tout ceci a bien l'air du contrat social,
explicite, ou implicite, que l'on suppose avoir
été passé entre les chefs suprêmes des nations,
& les nations elles-mêmes, au moment qu'elles
les choisirent pour les commander ; mais, ce
prétendu contrat n'est qu'une chimere infiniment dangereuse, par les fausses inductions
qu'on en tire, & qui n'a aucun fondement.

Elle est infiniment dangereuse par les fausses inductions qu'on en tire. On en conclud
que la nation a droit de juger & de punir son
Souverain, de lui redemander ses pouvoirs,
de les expliquer, de les étendre, de les restreindre, de les révoquer, de les annuller à
son gré, & cela les armes à la main ; ce qui
suppose un soulèvement général de la nation
contre le Souverain. Voilà le terme où abou-
tiroit infailliblement la doctrine philosophique, si elle avoit autant d'efficace que d'ar-

deur; elle ne prêche que la confpiration, la révolte contre les puiffances.

La chimere du contrat focial eft donc infiniment dangereufe, & elle n'a aucun fondement. Où font les titres qui l'autorifent, les monumens qui l'appuyent? On les trouve, répond M. *d'Alembert*, dans l'effence même de l'homme : *s'il répugne en effet à la nature de l'efprit & du cœur humain, qu'une multitude d'hommes ait dit, fans conditions, à un feul, ou à quelques-uns : commandez-nous, & nous vous obéirons.*

Mais fi cette répugnance eft chimérique, & que la difpofition contraire foit très-réelle; fi, en fuppofant cette difpofition auffi réelle qu'elle eft chimérique, les nations qui fe choifiroient un commandant, n'auroient point encore la liberté de lui prefcrire les conditions qu'elles voudroient; fi enfin les annales des peuples ne font aucune mention du contrat focial, & qu'elles en faffent du choix pur & fimple qu'ils ont fait de leurs commandans, de leurs chefs, de leurs rois, fans leur prefcrire aucune condition, que deviendra la réponfe du philofophe?

Nous difons donc en premier lieu, que la répugnance de l'homme à fe foumettre à un commandant, fans lui prefcrire aucune condition, eft une répugnance chimérique, tandis que la difpofition contraire eft très-réelle. L'homme eft né pour la fociété, & le même inftinct naturel qui le porte à s'unir à fes femblables pour vivre en fociété avec eux, le porte aussi à se choisir de concert avec eux un chef capable de les gouverner au-dedans, & de les défendre au dehors contre leurs ennemis. Mais ces hommes sont-ils portés par le même instinct naturel à composer avec le chef qu'ils se proposent d'élire, & de lui prescrire les conditions sans lesquelles il ne sera point élevé au rang qu'ils lui destinent, ou le perdra, s'il vient à les enfreindre. Ces idées sont bonnes pour le cabinet de nos oisifs spéculateurs, & nous ne les empêchons pas de s'en repaître tout à leur aise ; mais qu'elles soient entées dans la nature de l'homme, & qu'elles ayent existé dans la tête des peuples, à l'instant même qu'ils se sont choisis des chefs pour les gouverner, c'est ce que nous ne croirons que quand on nous l'aura démontré. Nous croyons au contraire qu'un peuple qui se choisit librement un chef, ne pense pas seulement à ce contrat *synallagmatique*, c'est-à-dire, obligatoire de part & d'autre ; qu'en jettant les yeux sur celui qu'il estime le plus digne du rang suprême, il lui connoît toutes les qualités propres à le soutenir ce rang, & que cette connoissance l'empêche de lui prescrire aucune loi, aucune condition, persuadé qu'il les gouvernera selon la justice, & qu'en douter en stipulant avec lui, ce seroit & lui insulter, & contredire leur propre choix. Nous supposons maintenant la réalité de la disposition contestée, & dans cette hypothèse même, nous osons croire que les peuples n'auroient pas la liberté de restreindre à leur gré le pouvoir du chef fuprême qu'ils voudroient choifir, en appofant à leur choix les conditions qu'ils jugeroient à propos d'y appofer ; & pourquoi ? C'eft qu'un peuple qui eft fans gouvernement, peut bien en chofir un ; mais qu'il ne peut reftreindre à fon gré les pouvoirs de fes gouverneurs, parce que fes gouverneurs ne tiennent pas leurs pouvoirs du peuple qui les choifit ; ils les tiennent de Dieu, qui leur donne le droit de commander, & qui impofe au peuple l'obligation de leur obéir. Le choix du peuple ne doit donc être regardé dans cette occafion que comme la condition préalable à laquelle le fouverain Maître & des chefs & des peuples, a attaché & le droit de commander, & l'obligation d'obéir.

Suppofons un peuple parfaitement libre, qui veuille fe choifir un Roi. Il a toute la liberté de le choifir ou de ne pas le choifir ; mais fuppofé qu'il fe détermine au choix, il n'a point la liberté, même avant l'élection, de limiter à fon gré les pouvoirs qu'il prétend lui donner. Il faut qu'il confente à le laiffer jouir de tous les pouvoirs attachés à la royauté, & ces pouvoirs, ce n'eft pas le peuple qui les lui donne, c'eft Dieu, & il n'y a que lui qui puiffe les fpécifier, les expliquer, les reftreindre, ou les étendre ; les Rois ne font refponfables qu'à lui, de l'ufage qu'ils en font, & les peuples ne peuvent jamais les leur arracher fous prétexte d'abus & de vexations.

Nous difons enfin que les annales des peuples parlent fouvent du choix pur & fimple qu'ils ont fait de leurs chefs, sans faire la moindre mention du contrat social, ni d'aucune condition apposée à leur choix. On n'exige pas sans doute que nous feuilletions les histoires de tous les peuples du monde, pour établir ce fait; la tâche seroit aussi pénible qu'inutile & fastidieuse: deux exemples choisis seront d'autant plus suffisans, que ce seroit aux partisans du contrat social à l'établir par des preuves de fait, & des monumens certains. M. d'*Alembert* fait profession de respecter nos livres sacrés, & quand il ne les croiroit pas divins, il ne pourroit leur refuser la foi humaine qu'il accorde aux écrivains Profanes. Eh bien, c'est par ces livres Saints, que je vais commencer à lui prouver qu'une multitude d'hommes a dit à un seul, sans lui imposer aucune condition: *commandez-nous, & nous vous obéirons.*

Nous lisons au huitieme chapitre du premier livre des Rois, que les enfans d'Israël demanderent un Roi au Prophéte Samuel. Que ce Prophéte, par l'ordre de Dieu, leur représenta fortement les droits du Roi qu'ils demandoient, en leur disant, qu'il prendroit leurs enfans pour en faire des cavaliers & des officiers, qu'il en prendroit aussi pour labourer ses champs, & pour recueillir ses bleds; qu'il prendroit encore leurs meilleurs champs, leurs vignes, leurs plants d'oliviers pour les donner à ses serviteurs; qu'il leur feroit payer la dîme de leurs bleds, & du revenu de leurs vignes, de leurs troupeaux; qu'il prendroit leurs ferviteurs, leurs fervantes, leurs jeunes gens les plus forts, avec leurs ânes, pour les faire travailler pour lui, & qu'il les réduiroit eux-mêmes en fervitude.

Nous n'ignorons pas que les fentimens font partagés fur le fens de ces paroles ; les uns croyant que Samuel déclare ce que le Roi aura vraiment droit de faire, & les autres foutenant qu'il prévient le peuple de ce qu'il fera, fans droit ou avec droit ; mais quelque fentiment que l'on embraffe, il fera toujours vrai de dire, qu'on voit ici une multitude d'hommes, une nation toute entiere, qui demande un Roi qui la commande, la gouverne fouverainement, & auquel elle veut obéir purement & fimplement, fans limiter les pouvoirs de ce Roi, fans lui prefcrire aucune condition, fans s'effrayer de l'empire extrêmement dur qu'on lui prédit qu'il exercera fur elle. Donc il ne répugne point à la nature de l'efprit & du cœur humain, qu'une multitude d'hommes ait dit, fans conditions, à un feul, ou à quelques-uns : commandez-nous, & nous vous obéirons.

Nous prendrons le fecond exemple de cette difpofition de la multitude dans notre propre hiftoire. Nos hiftoriens nous racontent que les Francs, c'eft-à-dire, *libres & indépendans*, éleverent *Pharamond* à la Royauté, l'an 418 ou 420, & que l'ayant élevé fur un bouclier, ils le proclamerent ainfi Roi. Ce fait attefte l'élection d'un Roi par une nation libre : on y cherche le contrat focial,

& les conditions prescrites au Roi élu par la
nation qui l'a choisi pour son souverain maître.

DE LA MORALE DU PHILOSOPHE.

*La morale établit & détermine jusqu'où
il est permis de porter l'ambition ; cette
passion est le plus grand mobile des actions & même des vertus des hommes.*

IL paroît que l'ambition se prend toujours,
absolument parlant, en mauvaise part, puisque,
selon sa définition, ce n'est autre chose qu'un
amour désordonné de la gloire, qui fait ou
rechercher les honneurs qu'on ne mérite pas,
ou rapporter à de mauvaises fins ceux que
l'on mérite. Il paroît donc conséquemment
aussi, que la morale ne peut permettre l'ambition jusqu'à un certain point, & qu'on ne
peut dire avec vérité, que cette passion soit
le plus grand mobile des vertus. Le plaisir
de faire des actions vertueuses, n'est-il donc
pas, philosophiquement parlant, le plus grand
mobile des vertus ?

DU DÉSINTÉRESSEMENT.

*Le désintéressement est un sentiment
louable dans son principe. Il peut être
estimable dans un Philosophe isolé ; mais
il est toujours blâmable dans un chef de
famille.* (p. 119.)

LE désintéressement n'est autre chose que

le détachement raisonnable & chrétien des choses de la terre. Or, un tel détachement est de précepte pour tout le monde sans aucune exception ; il n'est donc pas toujours blâmable, il ne l'est même jamais dans un chef de famille, non plus que dans un Philosophe isolé & célibataire : ce qui a trompé probablement l'illustre Penseur, c'est qu'il a confondu le désintéressement avec l'incurie, la négligence, la paresse, le défaut d'attention, de soin, de vigilance ; choses très-différentes. L'homme du monde le plus désintéressé, doit donner à ses affaires, par un principe de raison, de religion, de devoir, les mêmes soins qu'il leur donneroit, si l'intérêt tout seul le guidoit. On peut donc, on doit même allier le désintéressement avec les soins, l'attention, la vigilance, & cet accord sera toujours louable dans un chef de famille.

DE LA MÉTAPHYSIQUE.

Nos idées sont les principes de nos connoissances, & ces idées ont elles-mêmes leur principe dans nos sensations : c'est une vérité d'expérience. (p. 146.)

LA proposition qui dit que nos idées ont leur principe dans nos sensations, est trop générale, puisqu'il y a un grand nombre d'idées qui ne peuvent avoir un tel principe.

L'idée est la représentation purement men-

tale d'une chose, soit que cette chose tombe
sous les sens, soit qu'elle n'y tombe pas.

La sensation est le sens intime, ou la
perception que nous éprouvons, lorsqu'un
corps extérieur excite une commotion dans
quelqu'organe de nos propres corps. Or, nous
nous représentons mentalement un grand nombre de choses, qui n'excitent aucune commotion dans les organes de nos corps, puisqu'elles ne sont pas elles-mêmes corporelles, &
sensibles ; telles sont entr'autres choses, Dieu,
l'ame, &c, &c. Donc toutes nos idées n'ont
pas leur principe dans nos sensations : donc
la proposition qui l'affirme, est trop générale.

*La métaphysique, selon le point de vue
sous lequel on l'envisage, est la plus satis-
faisante, & la plus futile des connoissances
humaines.... La plus futile, lorsqu'or-
gueilleuse & ténébreuse tout à la fois, elle
s'enfonce dans une région refusée à ses
regards, qu'elle disserte sur les attributs
de Dieu, sur la nature de l'ame, sur la
liberté, & sur d'autres sujets de cette espece, où toute l'antiquité philosophique
s'est perdue, & où la philosophie moderne
ne doit pas espérer d'être plus heureuse.*
(p. 150, 151.)

Je rends justice à la pureté des sentimens &
à la droiture des intentions de M. *d'Alembert*,

il

il n'a pas même soupçonné que ses expressions pussent paroître favorables aux partisans de l'impiété. Je crains pourtant qu'ils ne s'avisent d'en tirer parti, & voici sur quoi je fonde mes allarmes. Dire tout simplement & sans aucune modification, que la *métaphysique est la plus futile des connoissances humaines, quand elle diffère sur les attributs de Dieu, sur la nature de l'ame, sur la liberté, & sur d'autres sujets de cette espèce, où toute l'antiquité philosophique s'est perdue, & où la philosophie moderne ne doit pas espérer d'être plus heureuse;* n'est-ce pas favoriser les Impies qui soutiennent qu'on n'a aucune idée positive ni des attributs de Dieu, ni de la nature de l'ame, ni de la liberté de l'homme, ni de quantité d'autres sujets de cette espèce, & par conséquent, que l'on n'en a aucune connoissance, qu'on n'en peut rien affirmer, que tout ce que l'on en peut dire, ne forme qu'un jargon absolument inintelligible, un flux de paroles vuides de sens & qui n'ont point d'objet? D'où il suit que toutes ces choses ne sont au fond qu'un chaos épouvantable, où la philosophie ancienne & moderne vient se perdre & s'abîmer; que toutes ces prétendues choses ne sont rien; qu'elles sont un pur néant, puisque tout ce dont on ne peut avoir aucune idée, & qu'on ne peut énoncer par des termes clairs, intelligibles, pleins d'un sens si lumineux, qu'il ne souffre aucune obscurité: tout cela n'est rien: d'où il résulte enfin, & en dernière analyse, que Dieu avec tous ses

C

attributs, l'ame & ses facultés, la liberté de l'homme, & tous les objets de cette espece, sont autant d'êtres de raison, qui n'exillerent jamais.

Je crains, dis-je, que nos Philosophes modernes ne raisonnent ainsi d'après les expressions mal entendues de leur illustre Coriphée, & mes craintes sont malheureusement d'autant mieux fondées, que j'en ai actuellement plusieurs sous les yeux qui ne raisonnent pas autrement.

On pouvoit parer, ce me semble, à tous les inconvéniens, en disant que la métaphysique nous apprend bien des choses très-certaines de l'existence, de la nature, & des attributs de Dieu, ainsi que des facultés & des propriétés de l'ame ; mais qu'elle devient futile, dès qu'elle s'embarrasse dans des questions aussi inutiles qu'insolubles.

DE L'ÉDUCATION.

Qu'il seroit sur-tout étonné (Socrate) de voir qu'au centre d'une Religion aussi humble que la nôtre, & aussi faite pour rapprocher les hommes, en affecte de rappeller continuellement à nos jeunes Seigneurs la gloire de leur nom & de leur naissance, & qu'on ne trouve point pour les exciter de motifs plus réels & plus nobles, au lieu de leur redire sans cesse

*que les autres hommes sont leurs égaux
par l'intention de la nature, plusieurs fort
au-dessus d'eux par les talens, & qu'un
grand nom, pour qui sait penser, est un
poids aussi redoutable qu'une célébrité
précoce.* (p. 175, 176.)

CE qui nous semble mériter quelques observations dans cet extrait, n'est pas la critique de ces vils adulateurs, qui ne parlent
à leurs élèves que de la gloire de leur nom,
& de leur naissance, au lieu de leur répéter
continuellement, que le nom sans la vertu
& tous les talens propres à en soutenir la
gloire, n'est pour eux qu'un sujet de honte
& de confusion ; rien de plus sage, & de
mieux placé que cette censure de la lâche conduite de la plûpart de ceux qui approchent
nos jeunes Seigneurs : ce qui nous paroît donc
répréhensible, c'est ce qu'ajoûte l'illustre Écri-
vain, qu'il faut *redire sans cesse* aux enfans
de condition, *que les autres hommes sont leurs
égaux par l'intention de la nature.*

Tous les hommes sont donc égaux par l'intention de la nature, si l'on en croit le docte
Auteur ; & c'est cette assertion même que nous
croyons fausse, soit qu'on la considère relativement à l'ordre physique, soit qu'on l'envisage par rapport à l'ordre moral. Dans l'ordre physique, la nature met de l'inégalité
entre les hommes, puisqu'il y en a qui naissent

C 2

bien ſupérieurs aux autres pour la fineſſe &
la perfection des organes, la force, le courage, le génie, tous les talens, toutes les qualités propres à gouverner & à commander.
Tous les hommes ne ſont donc pas égaux par
l'intention de la nature, puiſque la nature déclare ſes intentions par ſes opérations mêmes,
& qu'on n'en peut imaginer une déclaration
plus expreſſe, à moins que de dire que la
nature ſe dément & ſe contredit elle-même,
en faiſant contraſter ſes intentions & ſes opérations. Puis donc que la nature fait certains
hommes ſupérieurs aux autres, en donnant à
ceux-là des perfections dans l'ordre phyſique
qu'elle refuſe à ceux-ci; ſon intention eſt de
les différencier, de mettre de l'inégalité
entr'eux; & par conſéquent tous les hommes
ne ſont pas égaux dans l'ordre phyſique, par
l'intention de la nature.

Ils ne le ſont pas non plus dans l'ordre
moral, ou civil. N'eſt-ce donc pas la nature
qui nous fait naître tous tant que nous ſommes,
les uns d'un Monarque, ou d'un particulier
opulent, les autres d'un mince Artiſan, ou
d'un payſan plus pauvre encore? & ſi c'eſt la
nature qui nous donne la naiſſance; ſon intention n'eſt-elle pas que je ſois diſtingué tout
en naiſſant, de tous les ſujets d'un grand
Royaume, ſi elle me fait naître fils aîné d'un
grand Roi, & héritier préſomptif de la couronne? Tous les hommes ne ſont donc pas
égaux non plus dans l'ordre moral ou civil;
& vouloir mettre entr'eux une entiere égalité,

eft une entreprife des plus chimériques de la
nouvelle philofophie; entreprife dont les parti-
fans ne manqueront pas de s'étayer du fuffrage
de M. d'*Alembert*, contre fon intention : &
voilà précifément ce qui a donné lieu à ces
remarques. Je prie qu'avant de les finir, on
me permette encore une réflexion très-ana-
logue au fujet, & fondée fur l'expérience trop
commune aujourd'hui. Elle va droit à la fource
du mal, & a pour objet la raifon même qui
fait que, felon la jufte plainte de M. d'*Alembert*, les inftituteurs de notre jeune nobleffe, ne
l'entretiennent que de fon nom, de fa naiffance,
de fes ayeuls, au lieu de l'exciter à la vertu
& aux belles actions, par des motifs plus af-
fortis à l'humilité de notre Religion fainte.

Quel peut donc être la raifon d'un abus
auffi criant & auffi funefte dans fes fuites?
C'eft que Meffieurs nos Philofophes n'oublient
rien pour placer auprès des enfans des perfonnes qualifiées, des inftituteurs qui penfent
comme eux, & d'en éloigner, fous mille faux
prétextes, & par mille voies obliques, tous
ceux qui penfent différemment, & qui feroient
fi propres à infpirer à leurs éléves, avec les
principes d'une piété folide, les fentimens de
bonté, de douceur, de bienfaifance & d'humanité qui en font inféparables. Telle eft la
vraie fource du mal que M. d'*Alembert* dé-
plore fi juftement, & auquel il eft fi fort en
état de remédier, du moins en partie, par l'af-
cendant qu'il a fur l'efprit du public & des
grands. Quel fervice ne rendroit-il pas à la

C 3

Religion qu'il respecte, & à la société qu'il aime, s'il vouloit employer son crédit & ses talens pour faire bien sentir aux peres & meres, l'obligation où ils sont de ne confier l'éducation de leurs enfans qu'à des hommes éprouvés & choisis, qui puissent leur inculquer autant, & plus encore par leurs exemples que par leurs préceptes, les grands principes de la Religion, des mœurs, de la vertu? Une pareille démarche seroit d'autant plus nécessaire, qu'elle ne manqueroit pas d'en imposer à nos Philosophes systématiques, qui ne se contentent pas de parler & d'agir, mais qui écrivent encore avec chaleur, pour persuader leurs paradoxes sur l'éducation, comme sur les autres matieres. Ecoutons l'Auteur du Système social.

L'éducation, dit-il, (Partie 2, p. 96.) que même dans des contrées plus éclairées, l'on donne aux Princes, ne paroît avoir pour but que de leur endurcir le cœur & de leur rétrécir l'esprit ; des prêtres intéressés, des dévots imbécilles, des hommes de parti, sont ceux que l'on choisit de préférence pour former les arbitres de la terre. Ils ne leur enseignent que des merveilles, des fables, des dogmes incontevables, des notions bien plus propres à détruire la raison dans son germe, qu'à la développer. Pour tous devoirs, on leur

*impofé les pratiques minutieufes de la fu-
perftition; pour toutes vertus, on leur inf-
pire des vertus religieufes , totalement
étrangeres au bien de la fociété.*

ON voit par ce trait entre mille autres,
quelle liberté fe donnent Meffieurs nos Philofophes de décrier dans leurs écrits toutes
les inftitutions religieufes, & la Religion
elle-même toute entiere, qu'ils s'efforcent de
faire paffer pour une pure fuperftition, & un
tiffu de fables inventées à plaifir, pour amufer
les hommes, ou plutôt les dégrader & les dé-
naturer en détruifant en eux jufqu'au germe
de la raifon qui les diftingue de la bête. On
doit fentir par conféquent l'importance du
fervice que M. d'*Alembert* rendroit à la fociété, en réprimant ces vains déclamateurs,
du ton qui convient au premier Philofophe
de l'Europe, & au refpect dont il eft pénétré
pour la Religion qu'il admire.

DE LA CRITIQUE.

*Si la fatyre & l'injure n'étoient pas
aujourd'hui le ton favori de la critique,
elle feroit plus honorable à ceux qui l'exer-
cent, & plus utile à ceux qui en font l'objet : on ne craindroit point de s'avilir en
y répondant : on ne fongeroit qu'à éclairer avec une candeur extrême & une eftime*

C 4

réciproque.... Si la critique est juste &
pleine d'égards, vous lui devez des remer-
cimens & de la déférence ; si elle est juste
sans égards, de la déférence sans remer-
cimens. (p. 185, 186.)

ON conviendra sans peine qu'il faut de
l'attention pour ménager la délicatesse de
ceux que l'on veut reprendre, de peur de les
aigrir & de les offenser ; ce qui pourroit peut-
être les confirmer dans leurs erreurs, au lieu
de les ramener à la vérité ; ce qui doit faire
le premier but de la critique. Mais ne peut-
on pas pécher aussi par un excès de ménagement ? N'y a-t-il pas de distinction à faire
entre les personnes qui sont l'objet de la critique ? Ne se trouve-t-il point parmi ces personnes, des caractères durs & qui veulent être
traités durement, *increpa eos dure* ? La charité
la plus douce n'a-t-elle pas son sel ? Ne faut-il
pas encore faire distinction des matières, dont
les unes du premier intérêt, demandent qu'on
les traite avec chaleur, & d'autres beaucoup
moins intéressantes, n'exigent pas le même
feu ? Ne faut-il pas aussi mettre de la différence entre les expressions dictées par le zele
qui ne tombent que sur les choses, & les injures qui s'adressent aux personnes ? Est-il bien
possible de ne pas rendre avec force ce que
l'on sent vivement, & les mots ne coulent-ils
pas d'eux-mêmes, du sentiment qu'on éprouve ?
Tout mouvement d'une juste indignation,

doit-il être confondu avec le sentiment de la
haine & de la vengeance ? Un style véhément
n'est-il pas souvent nécessaire pour faire passer
avec rapidité, & imprimer avec force dans
l'ame des autres, le sentiment profond dont
on est pénétré ? S'il est quelquefois inutile ou
même nuisible à l'Ecrivain critiqué, l'est-il
toujours aux Lecteurs de la critique ?

Je vois un enfant qui me paroît se mettre
en devoir de défendre son pere violemment
attaqué, & j'apperçois en même-tems dans sa
maniere des procédés pleins de politesse &
d'urbanité envers l'assaillant; je doute alors
si ce fils si honnête veut défendre son pere, ou
bien complimenter son agresseur. *Si la critique,
dit-on, est juste sans égards, on ne lui doit que
de la déférence sans remercîmens.* Nous ne
croyons pas manquer aux égards qui sont dûs
à l'habile penseur, par la persuasion où nous
sommes, qu'une critique juste quoique sans
égards, mérite de la reconnoissance & des remercîmens, non pour le mode, mais pour la
chose. Un riche qui jette une grosse aumône
à un pauvre, sans aucun égard pour sa personne,
ne mérite-t-il donc aucune reconnoissance,
aucun remercîment de la part de ce pauvre ?
Que diroit-on d'un homme qui, arraché brus-
quement au précipice où il alloit tomber, fer-
meroit son cœur à la reconnoissance, & sa
bouche aux actions de graces, sous prétexte
que son libérateur l'a traité sans égard, &
même avec une sorte de violence ? Est-ce le
bienfait reçu, ou la façon de l'accorder, qui

doit fonder principalement & la gratitude & l'action de graces?

DE LA JURISPRUDENCE.

Deux choses m'ont toujours fait peine dans nos loix criminelles Françoises : la premiere, qu'il ne faille que deux témoins pour condamner à mort un accusé ; cette Loi suppose, ce me semble, qu'un honnête homme ne peut jamais avoir deux ennemis. (p. 191, 192.)

POUR moi, trois choses m'étonnent & m'affligent dans cette peine du savant Auteur : la premiere, qu'il n'attribue qu'à notre Code criminel, la disposition qui lui fait tant de peine ; la seconde, que cette disposition lui paroisse si étrange ; la troisieme, qu'il lui semble que cette même disposition suppose qu'un honnête homme ne peut jamais avoir deux ennemis.

1°. La Nation Juive date d'un peu plus haut que la Monarchie Françoise, & il est certain que par une loi bien expresse du Code Religieux & Criminel des Juifs, il ne falloit que deux ou trois témoins, pour faire mourir un accusé : *in ore duorum aut trium testium peribit qui interficietur.* (Deuteron. Cap. XVII, v. 6.) L'Apôtre S. Paul, au chap. 13 de sa seconde épître aux Corinthiens, dit aussi que : *in ore duorum vel trium testium stabit omne verbum.*

2°. Puisque Dieu ordonne de punir de mort

un accusé fur le témoignage de deux ou trois témoins, cette difpofition eft donc fondée fur la loi divine : elle ne doit donc point paroître fi étrange dans notre Jurifprudence crimi- nelle, ni caufer des peines fi cuifantes.

3°. Cette même difpofition ne fuppofe point du tout qu'un honnête homme ne peut jamais avoir deux ennemis; une pareille fuppofition feroit auffi abfurde que contraire à l'expérience de tous les fiécles. Ce qu'elle fuppofe, & avec raifon, c'eft qu'un honnête homme ne peut prefque jamais avoir deux ennemis affez mé- chans pour vouloir le faire mourir par un faux témoignage, & affez habiles pour y réuffir, fuppofé qu'ils en ayent conçu le deffein; c'eft qu'il eft très-difficile & très-rare de faire con- damner à mort un innocent, fur une pure ca- lomnie fuffifamment atteftée; c'eft que les en- nemis d'un honnête homme, quelque méchans & quelque paffionnés qu'on les fuppofe, y penfent plus d'une fois, avant de concerter & de preffer une calomnie pour faire périr un innocent, dans la crainte bien fondée des dangers qu'ils courent, fi l'on vient à décou- vrir la calomnie; c'eft que les témoins ne font reçus en témoignage, que quand ils font ir- réprochables, & qu'on n'a aucun motif rai- fonnable de les récufer; c'eft enfin que les en- nemis d'une perfonne ne font point reçus à dépofer contre elle. Il faut donc bien des conditions pour que l'on faffe mourir un hom- me fur le témoignage de deux autres; & comme le concours de ces conditions eft très-rare &

très-difficile, quand il s'agit de faire condamner un innocent, il s'enfuit que la loi qui ordonne la peine de mort fur le témoignage de deux hommes, ne fuppofe pas qu'un honnête homme ne puiffe avoir deux ennemis, mais feulement qu'il eft très-rare & très-difficile que deux ennemis puiffent venir à bout de faire condamner à mort un innocent. Cette loi n'eft donc pas propre à caufer tant de peines & d'inquiétudes: elle eft l'effet naturel de la raifon qui veut que les hommes ajoutent foi à la dépofition de deux témoins irréprochables & non fufpects, quand il s'agit de la décifion de leurs affaires, & de la punition des crimes, quoiqu'il puiffe arriver extraordinairement qu'on y foit trompé. C'eft pour les cas ordinaires & communs que les loix font faites, & non pour les cas extraordinaires & extrémement rares, qu'elles ne peuvent & ne doivent prévoir.

Si, comme l'ajoute l'illuftre Penfeur, il falloit, pour priver un homme de la vie, *que fon crime fût auffi clair que le jour*, en voulant éviter un inconvénient, on tomberoit dans un autre beaucoup plus grand & plus nuifible à la fociété. En effet, fi l'évidence métaphyfique étoit néceffaire pour qu'un Juge pût prononcer la peine de mort contre un accufé, les fcélérats fe joueroient de l'honneur, de la fortune, de la vie des honnêtes gens, par les difficultés infurmontables qu'il y auroit à les convaincre ; & plus ils feroient méchans & méchamment ingénieux à pallier leurs crimes, plus ils feroient certains de s'en procurer l'impunité, & enhardis à les commettre. Concluons donc que la Jurisprudence criminelle qui prononce la peine de mort, sur la déposition de deux témoins dignes de foi, irréprochables, non suspects, est sage, & conforme au droit naturel & divin, ainsi qu'au bien de la société.

DES LETTRES ET DES GENS
DE LETTRES.

Il en est du mérite d'un homme, comme de ses ouvrages ; personne ne peut mieux les juger que lui, parce que personne ne les a vus de plus près & plus long-tems. (p. 233.)

Pour que cette pensée fût juste & vraie, il faudroit, ce me semble, qu'il n'y eut aucun Auteur qui n'excellât en goût, en équité, en désintéressement, en désappropriation de lui-même, au point de se juger & ses propres ouvrages, comme il feroit un étranger ou un ennemi ; mais si tous les Auteurs ne peuvent se flatter d'avoir un goût exquis, & s'il en est de la plupart d'eux par rapport à leurs productions comme d'une mere tendre & passionnée, pour les fruits de ses entrailles, qui trouve beau, & qui aime éperdument son fils quoique laid & peu digne d'être aimé, du moins pour sa figure, que deviennent la jusreſſe & la vérité de la penſée philoſophique ?

Le ſeul motif qui puiſſe autoriſer un homme de lettres à renoncer à ſon pays, ce ſont les cris de la ſuperſtition élevés contre ſes Ouvrages, & les perſécutions tantôt ſourdes, tantôt ouvertes qu'elle lui ſuſcite. Quoique redevable de ſes talens à ſes compatriotes, il l'eſt encore plus à lui-même de ſon bonheur. (p. 237.)

Le terme de *ſuperſtition* eſt fort équivoque dans la plupart des écrits philoſophiques, ou plutôt, il ne l'eſt pas ; nos Philoſophes entendent communément par ce terme, la Religion même véritable. Je veux que M. d'*Alembert* prenne ce terme à la rigueur pour la fauſſe Religion ; & alors même il aura à prouver qu'un homme de Lettres peut avec gloire ſe rendre inutile à ſa patrie, pour s'épargner quelques tracaſſeries du fanatiſme ; & il lui reſtera de plus à concilier ſa préſente aſſertion avec celle-ci qu'il a adoptée, à la page 85 : *je préfère*, diſoit un Philoſophe, *ma famille à moi, ma patrie à ma famille.* Si l'on doit préférer ſa famille & ſa patrie à ſoi-même, comment peut-on renoncer à l'une & à l'autre, pour éviter quelques chagrins peu mérités, & dont les Auteurs ne ſont dignes que de compaſſion ? Il faudra encore qu'il accorde ce qu'il dit ici avec le portrait qu'il nous donne d'un Philoſophe, à la page 296, où il nous

le peint comme un homme *qui n'attend rien
de la faveur, & ne craint rien de la malignité.*
Si le Philofophe eft fi peu défireux & fi peu
craintif, comment fe peut-il faire qu'il foit
autorifé à fuir loin de fa Patrie , par la crainte
de quelques brocards , fi peu capables d'affec-
ter une ame généreufe , conftante, élevée?

*La Religion doit aux lettres & à la
philofophie, l'affermiffement de fes principes; les Souverains l'affermiffement de leur
droits, combattus & violés dans les fiécles
d'ignorance ; les peuples, cette lumiere
générale qui rend l'autorité plus douce ,
& l'obéiffance plus fidelle.* (p. 249. 250.)

. Si le Philofophe veut parler d'une philofophie fage & vraiment Chrétienne, nous pen-
fons comme lui, qu'elle a une vertu toute
particuliere pour affermir & les principes de
la Religion, & les droits des Souverains ,
& l'obéiffance des peuples. Mais fi par philofophie il entend celle que nous voyons peinte
dans les écrits foi-difant philofophiques qui
nous inondent depuis un demi-fiecle, il eft
de notoriété publique, que tous ces ouvrages ne
refpirent & n'infpirent que l'irréligion, le mépris
des puiffances, l'anarchie, l'indépendance, la
révolte. C'eût donc été rendre un fervice effen-
tiel à la Religion, aux Souverains & aux
Peuples, que de lever l'équivoque du terme
de philofophie , avant de leur faire valoir

les avantages qu'ils en ont reçus, de peur
d'exciter leur indignation, au lieu d'attirer
leur reconnoissance.

P E N S É E S   D I V E R S E S.

*Les deux plus grands fléaux du genre
humain, c'est la superstition & la tyran-
nie. (p. 310.)*

Nous osons croire que cette pensée man-
que de vérité, & dans l'ordre physique & dans
l'ordre moral ; dans l'ordre physique, la peste,
la famine, la guerre, & sur-tout les guerres
civiles & intestines nous semblent des maux
plus terribles pour le genre humain, que l'a-
bus du pouvoir dans un despote, lequel ne
cause pas communément des ravages aussi affreux & aussi universels que les trois fléaux
qu'on vient de nommer.

Dans l'ordre moral, l'irréligion absolue
nous paroît plus dangereuse & plus funeste
que la superstition. Il est certain qu'il y a beaucoup de superstitions parmi le peuple ; dira-
t-on pour cela qu'il vaudroit mieux que le
peuple fut absolument sans Religion, que
d'être superstitieux comme il l'est ? L'irréligion
& le libertinage font donc, à notre avis, les
deux plus grands fléaux du genre humain
dans l'ordre moral.

*Periclès eut à peine le crédit de sauver
Anaxagore,*

Anaxagore, accusé d'athéisme par les
Prêtres Athéniens, pour avoir prétendu
que l'univers étoit gouverné par une in-
telligence suprême, suivant des loix géné-
rales & invariables. [p. 339.]

Nous ne prétendons pas justifier le zèle
fanatique des Prêtres Athéniens, au sujet d'A-
naxagore ; nous voulons seulement faire, sur le
sentiment de ce Philosophe, une observation
d'autant plus importante, qu'elle a pour objet
un point essentiel de la doctrine Chrétienne
rejetté par la moderne philosophie, celui des
miracles dont tous les Chrétiens croient fermement & la possibilité & l'existence. Nous
ne blâmons donc point Anaxagore d'avoir
soutenu que l'univers étoit gouverné par une
intelligence suprême, c'est une vérité de la
première évidence ; nous le blâmons d'avoir
ajouté que les loix suivant lesquelles le monde
est gouverné, sont invariables ; comme si Dieu
étoit astreint à ses propres loix, de façon
qu'il ne pût jamais s'en départir ; comme si
le Créateur, qui a librement arrangé le cours de
la nature, ne pouvoit pas le déranger avec la
même liberté toutes les fois qu'il lui plaît ;
comme si enfin, l'ordre ou la disposition naturelle des choses, n'étoient pas uniquement
fondé sur la volonté toute puissante du souverain modérateur de l'univers, qui les conserve, les dirige, les conduit à leurs fins, &
qui peut aussi facilement les suspendre, les ar-

D

réter, leur donner une direction toute contraire à la premiere, en changeant & en dérangeant leurs cours ordinaire : c'est en cela que consiste ce que nous appellons miracle.

Non, le miracle n'est pas précisément un effet dont nous ne pouvons expliquer la cause naturelle, ainsi que l'ont pretendu *Spino'a* & *Locke*, comme si notre ignorance seule faisoit tout le miracle.

Ce n'est pas simplement non plus un effet surprenant opéré par la puissance d'un être intelligent, supérieur à l'homme, contre le cours ordinaire, constant & uniforme des causes secondes, ou des loix universelles selon lesquelles Dieu conserve & gouverne l'univers, comme la pensé Clarke, habile Docteur Anglois.

Ce n'est point encore seulement un effet rare, étonnant, qui résulte de l'harmonie & de la méchanique des loix générales qui nous sont inconnues, dont tous les hommes admirent la cause, & qu'ils ne peuvent produire par leur force & leur industrie, ainsi que l'a cru M. Houtteville.

Le miracle proprement dit, comme la cru S. Thomas, est donc un effet sensible, qui surpasse les forces de toutes les créatures, soit visibles, soit invisibles, & qui ne peut venir que de Dieu, comme cause premiere & principale, agissant selon les loix supérieures à la méchanique du monde, qu'on appelle nature. Il n'y a donc de miracle vrai & proprement dit, que quand l'effet merveilleux surpasse l'or-

dre & les forces de toute la nature créé tant
visible qu'invisible, ou ce qui revient au même,
que quand cet effet est outre l'ordre & au-
deffus des loix générales & de toutes les forces des êtres créés, soit corps, soit esprit,
tels que les Anges bons ou mauvais.

Telle est l'idée qu'il faut se former du miracle proprement dit, & sa vraie définition,
qui convient à la chose définie toute entiere,
& qui ne convient qu'à elle seule. Elle convient à la chose définie toute entiere, c'est-à-
dire, à tous les miracles proprement dits, à
tous les effets vraiment miraculeux, ou parce
qu'ils sont *contre la nature*, (ce qui arrive
lorsque la nature conserve une disposition contraire aux effets que Dieu produit, en parta-
geant, par exemple, la mer en deux, en fai-
sant remonter un fleuve vers sa source) ou
parce qu'ils sont *au-dessus de la nature*, parce
que la nature ne peut les produire en aucune
sorte, telle, par exemple, que la résurrection
d'un mort; ou parce qu'ils sont *outre la nature*,
ce qui arrive lorsque la nature pourroit les
produire absolument, mais non pas dans les
circonstances, ni de la maniere que Dieu les
produit, telle que la guérison d'une maladie
dangereuse que Dieu opere subitement &
sans appliquer aucun remede, & que la nature
auroit pu opérer avec le tems & les remedes.
Ce miracle *outre la nature*, n'est divin que
quant à la maniere, & non pas quant à la substance ; mais de quelqu'espece que soient les
miracles, il n'y a que Dieu seul qui en puisse

D ij

être la cause premiere & principale efficiente ; parce que seul il peut franchir par sa propre vertu, les bornes de la nature, & déroger aux loix qu'il a posées, selon cette parole du Roi Prophéte, au pseaume 71 : *Le Seigneur Dieu, le Dieu d'Israël, fait seul des choses admirables.*

Cela n'empêche pourtant pas que les créatures intelligentes, soit angéliques, soit humaines, ne puissent faire des miracles comme causes efficientes, secondaires & instrumentales, non par leur vertu propre & naturelle, mais par la vertu divine que Dieu leur communique quand il veut ; c'est ce dont conviennent tous les Disciples de S. Thomas. Sans doute les Anges mêmes ne peuvent faire des miracles proprement dits, par leur vertu naturelle, parce que n'ayant pas un domaine souverain sur toutes choses, ils ne peuvent s'élever deux-mêmes au-dessus de l'ordre & de toutes les forces de la nature créée, un tel pouvoir étant réservé à l'Auteur, ainsi qu'à l'Arbitre suprême de la nature, & ce pouvoir lui appartenant exclusivement comme le sceau & le témoignage de sa divinité, selon le sentiment gravé dans l'esprit & dans le cœur de tous les hommes, qui ont recours à lui exclusivement, pour obtenir des miracles, & qui lui en rendent graces comme à leur unique Auteur, lorsqu'ils les ont obtenus : mais si Dieu seul est la cause premiere efficiente des miracles, l'Ange bon ou mauvais, ainsi que l'homme en peuvent être les causes secondaires , inftrumentales , parce que Dieu étant tout puiffant , il peut fe fervir de quelqu'inftrument que ce foit pour les opérer.

Cette même toute puiffance fait auffi que Dieu peut intervertir à fon gré , changer ou fufpendre les loix générales fuivant lefquelles il gouverne le monde , & ces loix par conféquent , ne font point invariables , ainfi que le prétendoit *Anaxagore*.

Et qu'on ne dife pas qu'il eft impoffible que le cours de la nature foit jamais fufpendu ou interrompu , parce que les loix de la nature n'étant autre chofe que les décrets ou les volontés de Dieu , & Dieu étant immuable , il n'eft pas poffible que ces loix foient fujettes au changement , fans que Dieu y foit fujet lui-même , & qu'il ceffe d'être immuable , ce qui répugne.

Rien de plus facile que de répondre avec S. Auguftin & S. Thomas , que Dieu change fes œuvres quand il lui plaît , fans changer fes deffeins , fes décrets , fes volontés : *opera mutat , confilia non mutat* , lors donc qu'il agit contre les loix générales & ordinaires de la nature , en produifant des effets finguliers dont la raifon n'eft pas contenue dans la férie univerfelle des chofes naturelles; il ne change pas pour cela ; il ne fait qu'exécuter l'éternel deffein qu'il a formé d'agir de la forte , & d'interrompre quelquefois le cours de la nature avec la même liberté qu'il l'a établi , fans qu'on puiffe le taxer d'inconftance & de variation dans fes deffeins & dans fa volonté.

D iij

Il a voulu par exemple, que, selon les loix ordinaires, les fleuves coulassent en s'éloignant de leurs sources. Qui lui disputera le pouvoir de les faire remonter vers ces mêmes sources, toutes les fois qu'il le voudra, puisqu'il est le souverain Maître de la nature ? Est-ce donc que l'Etre infiniment libre & infiniment puissant, sera tellement asservi à ses propres loix, qu'il ne pourra jamais s'en écarter, ni en suivre d'autres ; enchaîné pour ainsi dire par son propre ouvrage ?

Qu'on ne dise pas non plus qu'il n'y a aucun effet contingent, & que tout est nécessaire dans la nature, parce que tout est l'effet de la volonté de Dieu, qui s'identifie avec son essence, à cause de son infinie simplicité ; d'où il arrive que la volonté de Dieu, n'étant pas moins nécessaire que son essence, les effets de cette volonté le sont aussi, & par conséquent que les miracles que l'on suppose contingens, sont absolument impossibles. Objection frivole !

L'entendement & la volonté de Dieu, il est vrai, ne sont qu'une même chose entr'eux, & avec l'essence divine, de même que notre entendement & notre volonté sont des attributs de notre ame qui s'identifient avec elle & entr'eux : mais de cette vérité il ne s'ensuit nullement ni que Dieu veuille tout ce qu'il connoît, ni que tout ce qu'il veut, il le veuille nécessairement. Il connoît donc, il veut & il agit, comme si tous ses attributs étoient réellement distingués, à cause de la souveraine

éminence de fa nature & de l'infinité de fes
perfections. Il connoît donc les chofes purement poffibles, comme poffibles feulement ;
il connoît & il veut les chofes futures & contingentes, comme contingentes, & enfin les
chofes néceffaires, comme néceffaires, parce
qu'étant infiniment parfait, il eft également
libre, fage & puiffant.

Mais qu'il eft beau de voir *Spinofa*, Auteur
de ces futiles objections, lutter avec Dieu,
& prétendre l'inftruire, lui donner confeil, lui
faire la loi ! Jufte ciel ! Vous le voyez, vous
l'entendez, & vous ne... Mais, non, je veux
finir comme j'ai commencé, en fuppliant mo-
deftement & avec tout le refpect dont je puis
être capable, M. d'*Alembert*, de juger lui-
même entre Dieu & *Benoît Spinofa*, ce fameux Athée du dernier fiécle. Je le fupplie
encore & avec le même refpect, la même
modeftie, de prononcer fur ces obfervations
que j'ai ofé hazarder moins comme des affer-
tions fixes, dans tout ce qui n'eft pas évidemment fondé fur la raifon ou fur la foi, que
comme de fimples doutes que je me fuis cru
permis de lui propofer. Pouvois-je mieux lui
prouver la jufte idée que j'ai conçue de fes
lumieres, de fon équité, de fon impartialité ?
Ce dont je fuis indubitablement certain, c'eft
que je n'ai point à craindre de fa part un jugement femblable à celui que *Denys*, tyran de
Syracufe, porta contre un homme qui avoit
confpiré contre lui en fonge feulement, ainfi
que nous le raconte M. d'*Alembert* lui-même

dans une des anecdotes qu'on a mêlées à ses
Pensées. Ce malheureux songeur fut condamné
à mort par le tyran, pour avoir simplement
rêvé qu'il avoit conspiré contre lui. Il est donc
un exemple d'un homme supplicié pour avoir
conspiré, quoique dans le sommeil seulement,
contre la personne d'un tyran ; mais il n'en
est point, que je sache, d'un homme condamné
à la même peine, pour avoir conspiré contre
les pensées de quelque tyran que ce soit, &
tel seroit tout au plus mon crime, en me ju-
geant à toute rigueur. Je n'ai conspiré tout au
plus que contre quelques Pensées de M. d'*A-
lembert* ; je puis même dire qu'on ne peut
m'imputer avec justice aucun complot à cet
égard, puisque mes Observations, toutes mon-
tées sur le ton le plus modeste & le plus res-
pectueux, n'ont point du tout l'art de conjuration.
Eussé-je en effet comploté contre ses concep-
tions, je dirois presque contre sa personne, &
eut-il en main le pouvoir suprême, j'oserois
encore me rassurer : un Monarque Philosophe
ne sait punir pour se venger ; il ne sait que
pardonner & faire grace, lors même qu'on n'a
pas craint de l'offenser personnellement. Combien plus seroit-il porté à la clémence envers
un foible Littérateur, qui auroit à peine effleuré
quelques-unes de ses Pensées, en les touchant
du bout de la plume ? Un tel homme mis à
mort par les ordres sanguinaires d'un Philosophe Monarque, pour crime de *leze-penfes-
monarquo-philosophiques*, seroit assurément un
phénomène qu'on ne pourroit jamais croire.

OBSERVATIONS

Sur la Lettre de l'Auteur Grenadier de l'Alambic moral, au Réfutateur de cet Ouvrage, & sur quelques Écrits relatifs à celui qui a pour titre : La Nature en contraste avec la Religion & la Raison, &c.

LA Lettre qui fait l'objet des remarques suivantes, ne contient gueres que des injures & des questions. Nous ne répondrons aux injures que par des actions de graces ; & pour les questions un peu importantes, nous y ferons des réponses courtes & solides.

PREMIERE QUESTION.

Avez-vous jamais lu ni même conçu une seule phrase qui fût réellement sans réplique ? Cela n'est pas possible.

REPONSE.

La vérité est nécessairement une. Toute vérité bien prouvée est donc par conséquent sans bonne réplique. On n'y peut que mal répliquer ; & une mauvaise réplique est une réplique nulle. Donc toutes les vérités bien prouyées, & tous les Ouvrages qui les prouvent, sont réellement sans réplique. Soutenir le contraire, c'est prétendre qu'on peut disputer indifféremment de tout, & admettre un scepticisme universel.

II. QUESTION.

Ne finissez-vous pas par dire, ainsi que moi, que l'Etre suprême donne une impulsion qui nécessite les événemens particuliers ?

RÉPONSE.

Oui, pour les causes nécessaires privées d'intelligence & de liberté, & nullement pour les causes libres & intelligentes, que M. le Grenadier ne distingue pas des premieres, & que son Réfutateur distingue très-bien.

III. QUESTION.

L'idée de principe est-elle compatible avec la qualité de secondaire, qui ne doit & ne peut représenter qu'un agent déterminé par un principe ?

RÉPONSE.

Oui assurément, l'idée de *principe* est très-compatible avec la qualité de *secondaire*. Il y a des principes premiers & des principes secondaires, ou, ce qui revient au même, des causes premieres & des causes secondes. Les causes secondes libres sont tellement mues & déterminées par la premiere, qu'elles se meuvent & se déterminent elles-mêmes en second. Si M. le Grenadier ne le comprend pas, c'est qu'il n'a point fait de Théologie, comme il en convient, ni peut-être de Philosophie; ou que s'il a fait sa Philosophie, il l'a totalement oubliée.

IV. QUESTION.

Que veut dire cette phrase: La pénétrante impression de la liberté est profondément gravée dans la substance de l'homme ?

REPONSE.

Cette phrase est de l'auteur Grenadier, & non pas de son réfutateur. Ce dernier ne dit pas que *la pénétrante impression de la liberté est profondément gravée dans la substance de l'homme.* Il dit que *l'homme est essentiellement libre, & que le sentiment de sa liberté est si profondément gravé dans le fond même de sa substance, qu'il ne peut, avec tous ses efforts, se distraire toujours de sa pénétrante impression;* ce qui veut dire, en deux mots, que l'homme à le sens ou le sentiment intime, la conscience de sa liberté, & ce qui est indubitable.

V. QUESTION.

Les causes secondes libres peuvent-elles être conduites & se conduire elles-mêmes ?

REPONSE.

Elles le peuvent à merveille, & telle est la maniere d'opérer de toutes les causes subordonnées, qu'elles font conduites, mues, dirigées, & qu'elles se conduisent, se meuvent & se dirigent elles-mêmes.

VI. QUESTION.

L'infaillibilité des décrets du Créateur n'est-elle pas incompatible avec la liberté des créatures ?

REPONSE.

Nullement, parce que Dieu est assez puissant & assez habile pour conduire infailliblement à ses fins les créatures libres, sans blesser leur liberté. L'infaillibilité & la nécessité présentent donc deux idées toutes différentes. Les décrets de Dieu font infaillibles sans être nécessitans, & cela est d'autant plus facile à comprendre par rapport à la sagesse infinie, que la sagesse humaine, quoiqu'extrêmement bornée, nous en offre une image. Un homme

d'une fageffe profonde & d'une finguliere ha-
bileté, ne fait-il pas prendre des mefures fi
juftes, qu'il fait affurément réuffir fes deffeins,
fans bleffer la liberté de ceux qu'il emploie
à fes fuccès? L'homme le peut, & Dieu ne
le pourra pas?

VII. QUESTION.

Qu'eft-ce que la Loi naturelle?

REPONSE.

La loi naturelle eft comme un rayon de la
loi éternelle ou de la fouveraine raifon qui
défend de troubler l'ordre. Ce rayon divin
luit dans l'ame de tous ceux qui ne lui fer-
ment pas volontairement les yeux, & leur
montre qu'ils ne doivent pas faire aux autres
ce qu'ils ne voudroient pas qu'on leur fît à
eux-mêmes, ni troubler l'ordre de la fociété;
deux principes certains de la loi naturelle.
L'adultere eft vifiblement contraire à ces deux
principes; il eft donc condamné par la loi naturelle, quelque commun qu'il puiffe être
parmi les différens peuples, qui ne peuvent
s'y abandonner fans bleffer cette loi primi-
tive. Prétendre le contraire, fous prétexte
qu'on fe fait prefque par-tout un jeu de l'adultere, c'eft conclure du fait au droit & auto-
rifer tous les crimes.

VIII. QUESTION.

Pourquoi les chiens & les autres ani-
maux ne raisonneroient-ils pas?

REPONSE.

Pour les raisons suivantes.

1°. C'est un principe généralement reçu qu'il ne faut pas multiplier les êtres sans nécessité. Or les mouvemens & les industries que nous admirons dans les bêtes, peuvent très-bien s'expliquer par les seules impressions que les objets extérieurs font sur leurs organes: donc il ne faut pas leur attribuer le raisonnement & les combinaisons.

2°. Les mouvemens les plus étonnans que l'on remarque dans les bêtes, se font dans nos corps sans délibération. Donc on n'est pas obligé d'accorder aux bêtes la délibération à cause de ces mouvemens.

3°. L'industrie & les opérations des bêtes se réduisent à une certaine façon d'agir, propre à chacune dans son espece, à une routine invariable, qui ne reçoit ni accroissement ni perfection. Oui, incapables de perfectibilité, on ne découvre en elles aucune marche progressive vers un plus haut degré de perfection, aucune disposition pour les arts & les sciences, aucun desir d'apprendre, aucun goût pour les connoissances. Elles sont en naissant tout ce qu'elles peuvent être, & qu'elles seront jamais, fi l'on en excepte quelques exercices auxquels on peut les dreſſer machinalement.

4°. Bornées au ſenſible, les bêtes ſont in- habiles à contempler les objets purement ſpi- rituels, la beauté de l'ordre, de la vérité, de la juſtice, de la ſageſſe, de la morale, de la vertu, de la religion, &c.

IX. QUESTION ET DEFI.

Je vous défie de me démontrer pourquoi, en ſuppoſant des ames aux bêtes, ces ames ſeroient néceſſairement d'un ordre de beau- coup inférieur à celle d'un Moine, par exemple.

REPONSE.

Sans parler de la révélation, que je crois fermement, parce qu'elle eſt évidemment croyable, & qui m'apprend que l'ame des bêtes eſt de beaucoup inférieure à eelle d'un Moine, la raiſon, l'évidence & l'expérience me démontrent la différence énorme qui ſe trouve entre les ames de ces deux ſortes d'êtres animés. Tout ce que j'apperçois dans les bêtes, m'annonce qu'elles ne ſont entrées dans le plan de la création, que comme des êtres ſubor- donnés, & d'un ordre de beaucoup inférieur à celui des Moines.

Toutes les ſenſations & les induſtries des bêtes ſe bornent à leur conſervation, à leur propagation, à leurs beſoins. Elles ne ſont

faites que pour cela, & pour aider les êtres
d'un ordre bien supérieur à remplir leur desti-
nation & les fins sublimes du Créateur ; au
lieu que les Moines, & en particulier les
Moines mendians, sont faits pour connoître,
servir, aimer, louer, prier Dieu, & pour
instruire, éclairer, prêcher, convertir, s'il est
possible, Messieurs les Grenadiers, comme tous
les autres individus de l'espece humaine, &
non bestiale.

X. Question et Defi.

*Je vous défie encore de me démontrer
pourquoi il faut qu'elles périssent avec
leurs corps.*

Reponse.

Par la raison que quand un Grenadier est
réformé, il faut qu'il s'en retourne chez lui.
J'en dis autant d'un Domestique congédié,
d'un Journalier qui a fait toute sa besogne, &c.
Les bêtes n'ont été créées que pour l'ornement
de l'Univers & le service de l'homme. Cette
besogne achevée, & elle l'est sûrement à leur
mort, il faut que les pauvres bêtes, qui n'é-
toient pas destinées à autre chose, s'en retour-
nent chez elles dans le sein de la terre, pour
y pouvoir & y être enfin anéanties.

X L.

XI. QUESTION.

Avez-vous vû des ames ?

REPONSE.

Non, car on ne peut voir ce qui est invisible; mais je vois clairement, par les yeux
de l'esprit, que l'auteur qui propose cette
question, prend le change, ou le veut faire
prendre aux autres, en disant qu'*on ne doit
jamais disputer des choses qu'on ne connoît
pas*; pour raisonner conséquemment, il auroit
dû dire qu'on *ne doit jamais disputer des choses qu'on ne voit pas*; & alors on lui eût ré-
pliqué qu'il se condamne lui-même, puisqu'il
dispute d'une infinité de choses qu'il n'a jamais vues, & qu'il ne verra jamais, ou qu'il
ne voit point au moment qu'il en dispute. Il
est donc une infinité de choses qu'on connoît
sans les voir, telles que sont toutes les choses
spirituelles, qui ne tombent point sous les
sens, & une infinité d'autres choses qu'on voit
sans les connoître, j'entends sans les comprendre, comme tous les phénomènes, tous
les mysteres de la Nature.

XII. QUESTION.

*Vous ignorez donc que la circulation
des esprits animaux dans le cerveau forme
seule la pensée ?*

E

REPONSE.

Oui, je l'ignore, quoique vous soyez assez bon pour me le dire. Il y a plus, c'est que je sais positivement le contraire, & que je nie formellement ce que vous avez la bonté de m'apprendre. Non, la circulation des esprits animaux dans le cerveau ne forme pas seule la pensée; elle ne la forme pas même du tout, c'est l'ame toute seule qui la forme, comme principe, comme cause efficiente; le cerveau, le corps tout entier n'est que le simple organe des opérations de l'ame, tant qu'elle lui est unie; la séparation faite, l'ame n'aura nul besoin de lui pour penser & pour exercer toutes ses opérations, qui n'en seront que plus parfaites.

XIII. QUESTION.

Est-ce mentir de dire que, changer de Religion, est foiblesse ou friponnerie, jamais conviction ?

REPONSE.

Oui, & c'est encore outrager tous ceux qui passerent du Paganisme à la Religion Chrétienne, en les traitant de fripons ou d'hommes foibles, sans en excepter les Constantins, les Clovis, &c.

XIV. QUESTION.

Ne peut-on pas avoir l'idée d'un être,
de Dieu, par exemple, sans le connoître
en aucune sorte ?

REPONSE.

Non très-certainement; la chose est de toute
impossibilité. Avoir l'idée d'un être & le connoître, sont deux termes synonimes. Selon
tous les Philosophes, l'idée d'une chose quelconque, c'est la connoissance même, la perception, la représentation mentale de cette
chose; si on ne la connoît point du tout, on
n'en a aucune idée; si on la connoît clairement, on en a une idée claire; si on la connoît confusément, imparfaitement, on en a
une idée confuse & imparfaite. Donc si l'on
ne connoît point du tout l'Etre suprême,
comme l'assure l'auteur, *p.* 33, on n'en a aucune idée.

XV. QUESTION.

Quel rapport peut avoir avec les Livres
saints, de dire qu'il n'y a que les enfans
& les vieillards qui craignent le Diable ?

REPONSE.

Le rapport est sensible. Les Livres saints
E 2

disent très-clairement que le Diable est très-
formidable, & que tout le monde doit le
craindre. Donc avancer qu'il n'y a que les enfans & les vieillards qui craignent le Diable,
c'est se moquer distinctement des Livres saints,
qui apprennent à craindre un spectre, qui ne
fait peur qu'aux imbécilles.

XVI. Question.

*La pluralité des voix n'est-elle pas le
seul moyen sûr de connoître le vrai ?*

Reponse.

Non. L'évidence, ou la plus grande pro-
balité, ou enfin l'autorité infaillible, telle,
par exemple, que l'autorité divine, tels sont
les seuls moyens sûrs de connoître le vrai.
Puis donc que l'Evangile condamne le divorce,
quand tous les habitans du globe l'admet-
troient, il n'en seroit pas plus permis.

OBSERVATIONS

Sur le compte rendu de l'Ouvrage intitulé : La Nature en contraste avec la Religion & la Raison, &c. (*Année Littéraire*, 1773, n. 28, *Lettre VIII.*

L'AUTEUR de l'Année Littéraire reconnoît *la solidité des raisons, la justesse invincible des preuves, la force victorieuse des argumens,* qui regnent dans l'ouvrage dont il rend compte au public. Jusque-là nous n'avons pas à nous plaindre de son jugement. Mais comme il lui est échappé bien des choses qui ne nous semblent pas justes, il voudra bien nous permettre quelques remontrances à ce sujet.

1°. Il nous semble que, dans un Ouvrage où il est question d'objets de la derniere importance, tels que Dieu, la Religion, la Nature & le fort du genre humain tout entier, le Journaliste donne beaucoup trop aux mots qui ne sont que l'accessoire, & point assez aux choses, qui sont assurément l'essentiel & le principal.

Le fameux *Locke* nous apprend que Milord *Shaftesbury,* le plus grand génie de son siecle, & le plus juste estimateur des Livres, ne s'attachoit pas beaucoup aux paroles, qu'il parcouroit avec une extrême rapidité; mais qu'il s'appliquoit à examiner si l'auteur étoit maître de son sujet, & si ses raisonnemens étoient exacts. C'est par-là qu'il jugeoit du prix d'un livre: quoi de plus juste? L'art d'écrire consiste-t-il dans les mots ou dans les choses; & pour y réussir, lorsqu'il s'agit d'Ouvrages sérieux, ne suffit-il pas de penser, de raisonner, de s'exprimer avec autant de force & d'énergie, que d'ordre, de clarté & de précision? L'autorité de M. *Locke* & de Milord *Shaftesbury*, n'est donc pas pour M. Freron. Nous croyons encore pouvoir opposer lui-même à lui-même. Ecoutons-le parler, *n.* 20, dans l'annonce qu'il fait de l'éloge de Jean-Baptiste Colbert, qui a remporté le prix de l'Académie Françoise en 1773; après avoir dit qu'*il pourroit faire remarquer dans cette piece une infinité d'expressions vicieuses qui la déparent, des pensées presque inintelligibles, des phrases précieuses, d'autres entortillées, d'autres amphibouriques,* il ajoute: *Au'reste, dans des productions de ce genre & de cette importance, ce sont moins les mots que les choses qu'il faut considérer. D'après ce principe,* continue-t-il, *ce discours mérite les plus grands éloges; il annonce un esprit juste, profond, éclairé, &c.*

Nous voudrions savoir le moyen d'accorder ces paroles avec celles-ci, qui sont du même Journaliste. *Pour lutter avec succès contre quelques Ecrivains Philosophes,* également ennemis de la Religion & de la Raison, *la force & la solidité des raisons, la justesse invincible des preuves, ne sont pas des armes suffisantes.*

Il dit encore, en rendant compte des trois
Siecles de notre Littérature, *que la partie du
style est très négligée ; qu'il est lâche, diffus,
incorrect, maniéré, néologique, hérissé d'anti-
thèses, abondant en jeux de mots ; que quelquefois même on y rencontre des* calembourgs ;
*qu'il ne finiroit pas s'il entreprenoit de relever
tous les arrêts injustement rendus dans ce ré-
pertoire contre une infinité d'auteurs anciens &
nouveaux. Cependant,* ajoute-t-il, *presque toutes
les notices des auteurs Philosophes méritent les
plus grands éloges ; elles sont faites avec autant d'impartialité que d'esprit & de goût. Vous
verrez en général dans les trois Siecles, les
abus proscrits, les regles rappellées, les petits
écrivailleurs confondus, les grands Maîtres
vengés, la saine Littérature triomphante de tous
les assauts qu'on lui livre depuis long-tems.*

De ces principes & de ces assertions il s'ensuit nécessairement que, dans les productions
qui ont pour objet des matieres importantes,
les choses & les raisons suffisent, & cependant
qu'elles ne suffisent pas ; qu'il faut des mots,
& qu'il n'en faut pas, ou du moins que les
mots, dans ces productions, ne sont que l'accessoire, & que néanmoins ils sont l'essentiel
& le principal ; qu'on doit parler & se taire
tout à la fois, & dans les mêmes circonstances ;
qu'on peut vaincre, triompher de tous les assauts, sans pouvoir seulement lutter avec succès ; qu'on ne doit point écrire d'un style tant
soit peu défectueux, & que cependant il est
très-possible de mériter les plus grands

éloges, de proscrire les abus, de rappeller
les bonnes regles, de confondre les petits
écrivailleurs, de venger les grands Maîtres &
la saine Littérature, avec un style plein de
défauts de toute espece, & en portant une infinité d'arrêts injustes contre beaucoup de personnes; que cela est très-possible & très-réel;
qu'on voit ce phénomene littéraire, infiniment
bon & infiniment mauvais, & qu'on le verra
jusqu'à la consommation des siecles dans les trois
Siecles de notre Littérature, qui forment trois
volumes *in-8°.* ou *in-12*, qui se trouvent, à Paris,
chez *de Hansy* le jeune Libraire, rue S. Jacques.

Que ne pouvons-nous voir de même l'accord de ces assertions entr'elles & avec
la rigueur exercée sur sept ou huit mots, dont
les uns appartiennent à M. Robinet, & non
pas à son réfutateur ; les autres font ou des
termes consacrés, ou très-significatifs des choses qu'on a voulu exprimer, ou enfin modifiés
par cette clause, *comme on dit vulgairement*,
que le journaliste a eu la bonne-foi de taire
pour avoir le plaisir de critiquer à son aise.

M. Freron dit encore, p. 188, *Malgré les
clartés étincelantes de ce raisonnement, je ne
voudrois pas que le P. Richard imputât décidément l'athéisme à l'auteur qu'il réfute. Ce n'est
pas d'après une pensée ou une expression qui
échappe, mais d'après l'esprit général & la to-
talité d'un ouvrage qu'on doit juger un Écri-
vain. Il est d'ailleurs hors de doute que M. Robinet suppose dans tout son Livre l'existence de
la Divinité ; & s'il semble quelquefois s'égarer*

en parlant de son essence & de ses attributs, c'est
précisément parce qu'il s'efforce de nous en ins-
pirer des idées plus hautes & plus relevées, que
celles auxquelles l'imagination humaine peut
atteindre.

J'admets le principe qui veut que l'on juge
un Ecrivain d'après l'esprit général & la totali-
té de son Ouvrage, & je vais démontrer que
le P. Richard l'a pris pour regle unique du
jugement qu'il a porté de l'Ouvrage de M. Robinet, de l'aveu même du Journaliste. Dites-
moi donc, M. Freron, dites-moi ce que vous
penseriez du barbare qui vous mettroit en
pieces, en vous arrachant tous les membres ?
Croiriez-vous de bonne foi que le bourreau
qui traiteroit ainsi votre essence, respectât
beaucoup votre existence ? Eh bien ! voilà précisément le traitement que fait à la Divinité
le sieur Robinet, dont vous prenez si géné-
reusement la défense ; il la met en pieces, il
la décompose, il la dissout autant qu'une pure
intelligence est capable de l'être. Il dit, le
bourreau déicide qu'il est ; il dit & redit en
cent endroits de son Ouvrage, que *Dieu n'est
ni bon, ni juste, ni sage, ni intelligent, ni
libre ; qu'il n'a ni fin, ni plan, ni dessein dans
tout ce qu'il fait ; qu'il agit en aveugle, & par la
nécessité de sa nature, qu'on ne peut ni le connoître ni l'exprimer ; que ce mot Dieu est vuide
de sens, & ne signifie rien ; que c'est un vain
nom, une chimere sans objet ; que Dieu lui-
même n'est rien, si ce n'est l'Etre unique, doué
de l'étendue & de la pensée, dont tous les au-*

tres êtres ne ſont que des modes & des modifi-
cations ; Etre unique & prototype de tous les
autres, dont ceux-ci ne ſont que des variations
prodigieuſement multipliées, ſans lignes de ſé-
paration réelle, ſans aucune différence eſſen-
tielle ; qu'il n'y a ni penſée pure, ni intelligence
purement ſpirituelle ; que tous les êtres ſont du
même ordre, ſans différences eſſentielles entr'eux ; qu'il n'y a que des individus & point de
regnes, ni de claſſes, ni de genres ni d'eſpece,
&c. On mettroit l'Ouvrage de M. Robinet à
l'alambic, qu'il n'en ſortiroit que l'athéiſme,
le matérialiſme, le fataliſme ; & l'on viendra
nous dire, après cela, qu'on ne doit pas lui
imputer décidément l'athéiſme, ſous prétexte
qu'il ſuppoſe dans tout ſon Livre l'exiſtence
de la Divinité ; & que *s'il ſemble quelquefois
s'égarer en parlant de ſon eſſence & de ſes attributs, c'eſt préciſément parce qu'il s'efforce de
nous en inſpirer des idées plus hautes & plus
relevées que celles auxquelles l'imagination humaine peut atteindre.* Quelle bonhommie !
Quelle Logique !

On voudroit ſavoir auſſi pourquoi M. Freron
excuſe les vivacités de M. l'Abbé *Nonnote*,
en diſant qu'à la vue des excès & des blaſ-
phémes de nos Philoſophes, *il eſt ſouvent im-
poſſible de conſerver ſon ſang froid, & de ne pas
laiſſer échapper des marques d'indignation ;* tandis que ces mêmes marques de la plus juſte
indignation, à la vue des mêmes objets, il
les traite d'*irritation de bile iraſcible* dans le
réfutateur de M. Robinet.

On voudroit encore savoir si M. Freron est toujours bien fidele à observer les leçons de *politesse & d'honnêteté* qu'il donne aux autres ? On en pourra juger par cet échantillon, tiré de quelques-unes des feuilles de l'année 1773. *Retranchez*, dit M. Freron, t. I, *six hommes de Lettres & quelques jeunes gens qui s'annoncent avec éclat, que nous restera-t-il ? Une tourbe insolente d'incurables médiocres, qui n'ont ni génie, ni ame, ni style. Nos Philosophes sont les reptiles les plus inquiets & les plus intolérans qui se soient encore agités dans la poussiere de ce globe.*

On a droit de reprocher à M. de la Harpe, ajoute-t-il, ibid. *une réticence d'autant plus coupable, qu'il y substitue une assertion non seulement fausse, mais ridicule. Il n'entend pas même la signification des mots force & chaleur. Il se lasse également d'être couronné à l'Académie Françoise, & d'être hué par le parterre de l'Académie Françoise ; ses Ouvrages sont des rapsodies en prose & en vers, des ouvrages académiques & soporifiques.*

En annonçant l'Ode de la Navigation, de M. de la Harpe, couronnée par l'Académie Françoise, il nous peint l'auteur comme un *écrivailleur, qui ne mérite aucune considération, qui est capable de prendre ou de feindre de prendre sérieusement les éloges ironiques & trompeurs que vous lui prodiguez ; un homme vis-à-vis duquel on est dispensé de garder aucun ménagement, & qu'il faut accabler du poids de la vérité, en lui disant hardiment qu'il n'y a rien de plus commun, de plus pesant, de plus vague, de plus décousu, de plus mal dessiné, de plus glacial, de plus empesé, de plus maigre, de plus incorrect, de plus martelé, de plus dur, de plus barbare, que cette Ode de la Navigation, & qu'aucune Académie du Royaume n'en a jamais couronné d'aussi détestable.*

Telles sont, parmi une infinité d'autres, les douceurs & les gentillesses que M. Freron dit très-poliment à l'auteur couronné, & à l'Académie Françoise qui le couronne; & c'est ainsi que M. le Journaliste observe les regles de politesse qu'il prescrit aux autres.

L'auteur de la Gazette Littéraire des Deux-Ponts, année 1773, n. 75, a voulu aussi se mêler de soutenir l'excellente cause de M. Robinet; & pour réussir dans une si noble entreprise, il a eu le courage de nous débiter très-sérieusement, que *toutes les connoissances que nous pouvons avoir de Dieu, se réduisent à peu près à savoir ce qu'il n'est pas ; que nous ne le connoissons point sous prétexte qu'il est incompréhensible ; que le Maître absolu d'une chose, n'en peut disposer à son gré sans injustice; qu'une vérité évidemment prouvée, n'offre plus aucune difficulté.* C'est par la force invincible de ces raisons que le Gazetier littéraire a cru devoir signaler son zele pour l'athéisme & ses défenseurs.

F I N.

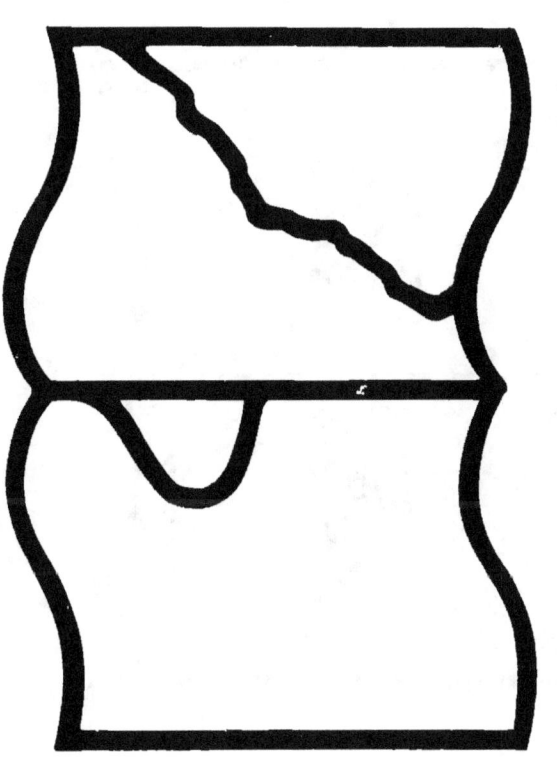

Texte détérioré — reliure défectueuse

NF Z 43-120-11

Contraste insuffisant

NF Z 43-120-14

www.ingramcontent.com/pod-product-compliance
Lightning Source LLC
Chambersburg PA
CBHW060454260626
47161CB00005B/2107